ERNST SCHMID

Denk ermittelt in Linz

KRIMINELLES LINZ In der drittgrößten Stadt Österreichs gibt es nur einen Kommissar auf den Verlass ist: Kommissar Kurt Denk. Mit seinem ausgeprägten Gespür für jede Art des Verbrechens löst er 30 Fälle in diesem Buch. Welcher Kommissar kann das schon von sich behaupten? Seine Ermittlungen führen ihn quer durch Linz. Und nach der Lektüre – seien Sie sich dessen versichert, lieber Leser – werden Sie die Stadt mit anderen Augen sehen. Denn das Verbrechen lauert an jeder Ecke.

Ernst Schmid, geboren 1958 in Jenbach/Tirol, lebt heute in Linz, der Landeshauptstadt von Oberösterreich. Er arbeitet als Hauptschullehrer und hat bisher fünf Gedichtbände und zahlreiche Kriminalromane veröffentlicht. Regelmäßig erscheinen seine Rätsel-Krimis in der »Presse am Sonntag«. Mit »Denk ermittelt in Linz« gibt er sein Debüt im Gmeiner-Verlag.

ERNST SCHMID

Denk ermittelt in Linz

30 Rätsel-Krimis

GMEINER *Original*

Die Texte sind erstmals in veränderter Form in der ›Presse am Sonntag‹ erschienen.

Personen und Handlung sind frei erfunden.
Ähnlichkeiten mit lebenden oder toten Personen sind rein zufällig und nicht beabsichtigt.

Bei Fragen zur Produktsicherheit gemäß der Verordnung über die allgemeine Produktsicherheit (GPSR) wenden Sie sich bitte an den Verlag.

Besuchen Sie uns im Internet:
www.gmeiner-verlag.de

Im Ehnried 5, 88605 Meßkirch
Telefon 07575/2095-0
info@gmeiner-verlag.de

Lektorat: Sven Lang
Herstellung: Julia Franze
Umschlaggestaltung: U.O.R.G. Lutz Eberle, Stuttgart unter Verwendung eines Fotos von: © robtek - Fotolia.com
Druck: Libri Plureos GmbH, Friedensallee 273, 22763 Hamburg
Printed in Germany
ISBN 978-3-8392-1509-8

DAS VERBRECHEN IST IMMER UND ÜBERALL

Kurt Denk, Gruppeninspektor der Abteilung für Gewaltkriminalität der Bundespolizeidirektion Linz, liebte den Jahresbeginn. Der interfamiliäre Mord- und Totschlag der Weihnachtsfeiertage war überstanden und die Verbrecher schienen um diese Zeit ihren Winterschlaf abzuhalten. Kein Wunder bei der eisigen Kälte, die draußen herrschte! Er streckte sich einmal herzhaft und holte das Stück Linzer Torte aus seiner Tasche, das er sich am Morgen beim besten Konditor der Stadt gekauft hatte. Sofort erfüllte ein betörender Duft von Zimt und Nelken sein Büro. Er schob sich ein Stück in den Mund und schloss die Augen, um sich diese Köstlichkeit auf der Zunge zergehen zu lassen. In diesem Moment wurde die Tür aufgestoßen. Eine schrille Frauenstimme holte ihn in die Wirklichkeit zurück.

»Elsa Treu mein Name. Sie müssen mir unbedingt helfen. Ich bin bestohlen worden.«

Denk riss die Augen auf. Vor ihm stand eine elegant gekleidete Dame und schaute ihn hochnäsig an. »Hier ist die Abteilung für Gewaltverbrechen«, erwiderte er mit vollem Mund. »Wenn Sie einen Diebstahl zur Anzeige bringen wollen, müssen Sie das einen Stock tiefer …«

»Walter hat mich an Sie verwiesen«, fiel sie ihm ins Wort.

»Walter?« Er warf ihr einen fragenden Blick zu.

»Ihr Präsident! Er ist ein alter Freund der Familie und hat mit versprochen, dass sich sein bester Mann mit dieser leidigen Angelegenheit befassen wird.«

Vor Schreck verschluckte sich Denk, was einen Hustenanfall hervorrief. Tränen stiegen ihm in die Augen.

»Selbstverständlich stehe ich Ihnen zu Diensten«, presste er keuchend hervor und bat sie, Platz zu nehmen. Zwar war ihm die herablassende Art, mit der ihn die Frau behandelte, zutiefst zuwider, aber mit seinem obersten Vorgesetzten wollte er es sich nicht verscherzen.

»Dann erzählen Sie einmal, was Ihnen gestohlen worden ist«, forderte er sie auf, nachdem er wieder zu Atem gekommen war.

»20.000 Euro!«

Als sie die Summe nannte, verschluckte sich Denk ein weiteres Mal.

»20.000 Euro«, wiederholte er ehrfurchtsvoll. »Wo ist Ihnen das Geld entwendet worden?«

»Bei mir zu Hause«, gab sie lapidar zur Antwort, als sei es die selbstverständlichste Sache der Welt, so viel Geld bei sich aufzubewahren.

»Natürlich habe ich nicht immer so viel bei mir zu Hause herumliegen«, beeilte sie sich zu sagen, als sie seinen erstaunten Blick bemerkte. »Ich war am sechsten Jänner auf der Bank und habe das Geld von meinem Konto abgehoben, weil für den nächsten Tag die neue Schmuckkollektion bei Sturm angekündigt war und ich mir ein paar Kleinodien für die Ballsaison kaufen wollte.«

Sturm war der Nobeljuwelier unter den Linzer Schmuckhändlern. Wenn Denk mit Eva einen Spaziergang in der Innenstadt unternahm, machte er immer einen großen Bogen um den Laden, damit seine Frau nicht auf dumme Gedanken kam.

»Allerdings habe ich mich vorgestern und gestern etwas indisponiert gefühlt und den Einkauf auf heute verschoben. Und was soll ich sagen? Als ich am Morgen das Geld aus der Kommode im Wohnzimmer holen wollte, war es weg. Einfach spurlos verschwunden.«

Denk ersparte sich einen Kommentar über die Fahrlässigkeit, mit der sie diese hohe Summe aufbewahrt hatte, und konzentrierte sich auf das Wesentliche. »Haben Sie einen Verdacht, wer das Geld an sich genommen haben könnte?«

Sie nickte heftig. »Und ob ich den habe! Da kommen mehrere Personen in Betracht. Insbesondere mein missratener Stiefsohn und das Flittchen, das mir mein eigener Sohn ins Haus gebracht hat.«

Die Abscheu, mit der sie die beiden Personen erwähnte, jagte Denk einen kalten Schauder über den Rücken. Wer diese Frau zum Feind hatte, war wahrlich nicht zu beneiden.

»Sie können mir sicher sagen, wo ich die beiden finde.«

»In meiner Villa. Leider. Wenn Sie sich beeilen, treffen wir sie gerade beim Frühstück an.«

Denk versprach ihr, sich sofort auf den Weg zu machen. Aber sie bestand darauf, dass er mit ihr fuhr, was er, nachdem sie noch einmal auf die langjährige Freundschaft mit dem Polizeipräsidenten hingewiesen hatte, zähneknirschend akzeptierte.

Er folgte ihr nach unten und zwängte sich auf den viel zu engen Beifahrersitz ihres Sportwagens, den sie in der Halteverbotszone vor dem Polizeipräsidium abgestellt hatte. Schon nach wenigen Sekunden Fahrt war er schweißgebadet. Frau Treu war offensichtlich der Meinung, dass ihr die Straße allein gehörte. Ohne auf den Vorrang zu achten, bog sie erst in die Kaplanhof- und dann in die Gruberstraße ein und raste mit weit überhöhter Geschwindigkeit Richtung Donaulände. Als sie im Römerbergtunnel zum Überholen ansetzte, schloss er die Augen und schickte ein Stoßgebet zum Himmel. Hinter der Martinskirche brachte sie den Wagen schließlich vor einer herrschaftlichen Villa mit einer Vollbremsung zum Stehen.

In seiner Jugend waren die kleinen Häuser auf dem Römerberg dem Verfall preisgegeben gewesen und hatten zur schlechtesten Wohngegend in ganz Linz gezählt. Bis die Schickeria den Reiz dieses Viertels für sich entdeckt hatte. Mittlerweile waren die Immobilien für Normalverdiener unerschwinglich.

Ohne ein Wort zu sagen, sprang Frau Treu aus dem Wagen und stürmte in das Gebäude. Denk hetzte ihr hinterher. Im Salon saßen zwei Männer und eine junge Frau vor einem reich gedeckten Frühstückstisch. Sie starrten die Eintretenden erstaunt an.

»Da haben wir ja die Schmarotzer«, höhnte sie. »Lassen es sich wieder einmal auf meine Kosten gut gehen.« Dann wandte sie sich an Denk. »Machen Sie sich an die Arbeit! In einer Stunde habe ich einen Exklusivtermin bei Sturm. Bis dahin möchte ich Ergebnisse sehen.«

Nachdem sie den Salon verlassen hatte, stellte sich Denk vor und teilte den Anwesenden mit, warum er hier war.

»20.000 Euro!«, wiederholte Frau Treus Stiefsohn verblüfft und stieß einen Pfiff aus. »Wenn ich das gewusst hätte, hätte ich mir die Kohle sofort unter den Nagel gerissen.«

Denk bedachte ihn mit einem befremdeten Blick, worauf der junge Mann entschuldigend mit den Schultern zuckte.

»Es ist nicht so, wie Sie glauben. Mein Vater ist im Oktober verstorben. Eigentlich stünde mir die Hälfte der Erbschaft zu. Aber meine Stiefmutter ist beim Notar mit einem äußerst fragwürdigen Testament aufgetaucht, welches Sie als Alleinerbin ausweist. Bis diese Angelegenheit vor Gericht geklärt ist, bin ich vollkommen mittellos und auf ihre Almosen angewiesen.« Plötzlich huschte ein Grinsen über sein Gesicht.

»Und was gibt es da zu lachen?«, wollte Denk wissen.

»Jetzt ärgert sie sich grün und blau, weil ich hier wohne, und sie bis zum Abschluss der Untersuchungen keine Handhabe hat, mich aus der Villa zu werfen.«

»Und das Geld …?«

»Habe ich leider nicht entdeckt, sonst hätte ich es auf der Stelle verschwinden lassen.«

Denk konnte nicht verhehlen, dass ihm die Offenheit des jungen Mannes imponierte, allerdings hieß das nicht, dass er nichts mit dem Verschwinden des Geldes zu tun hatte. Er wandte sich den beiden anderen Personen zu.

»Wissen Sie etwas über den Verbleib des Geldes?«

Treus Sohn schüttelte den Kopf. »Leider nein! Und ich gestehe gleich, dass ich ähnlich wie Martin gehandelt und die 20.000 Euro sofort an mich genommen hätte, wäre mir bekannt gewesen, dass sich so viel Geld im Haus befindet.«

»Und warum hätten Sie das gemacht?«

»Weil mir meine Mutter keinen müden Cent mehr zukommen lässt, seit ich Silke kennengelernt habe. Erst wenn sie verschwindet, hat sie mir angedroht, wird sie mir mein Studium weiterfinanzieren.«

»Ich würde jedenfalls alles tun, um dieser Person zu schaden«, mischte sich die junge Frau ein. »Nur weil ich aus einfacheren Verhältnissen stamme, gibt ihr das nicht das Recht, mich wie eine Aussätzige zu behandeln.«

»Haben Sie eine Ahnung, wo das Geld hingekommen ist?«

»Habe ich nicht! Und wüsste ich es, würde ich es Ihnen nicht sagen. Außerdem habe ich Besseres zu tun, als mich um die Angelegenheiten dieser Person zu kümmern.« Sie erhob sich und machte Anstalten zu gehen, aber Denk bedeutete ihr, sich wieder niederzusetzen. »Bis die Untersuchungen abgeschlossen sind, ersuche ich Sie, den Raum nicht zu verlassen.«

Denk hatte durchaus Verständnis für die Situation der jungen Leute. Aber Diebstahl blieb nun einmal Diebstahl, auch wenn es eine Person traf, die es verdient hatte. Da alle drei ein Motiv für die Tat hatten, waren sie gleichermaßen verdächtig. Ihm würde wohl nichts anderes übrig bleiben, als die Zimmer der jungen Leute zu durchsuchen. Und was sollte er tun, wenn er dort nichts fand?

Aber eigentlich, fiel ihm ein, war das gar nicht mehr nötig. Er wusste plötzlich auch so, wo das Geld war.

Wer hat das Geld an sich genommen?

Lösung: 1. Rätsel-Krimi

Frau Treu hat den Diebstahl nur vorgetäuscht. Sie behauptet, am 6. Jänner auf der Bank gewesen zu sein und das Geld von ihrem Konto abgehoben zu haben. An diesem Tag haben die Banken jedoch geschlossen, weil Heilige Drei Könige ist.

Was veranlasst Inspektor Denk zu der Vermutung, dass Frau Lang ihren Mann getötet hat?

Lösung: 2. Rätsel-Krimi

Da es bis in die frühen Morgenstunden geschneit hat, müssten auch die Fußabdrücke und der Eiffelturm – wie der Körper des Toten – mit einer dicken Schneeschicht bedeckt sein. Offensichtlich hat Frau Lang erst bei Tageslicht diese Spuren gelegt, um die Polizei in die Irre zu leiten. Außerdem konnte sie nicht ahnen, dass es sich bei dem Eiffelturm um die Mordwaffe handelt. Denk hat nichts erwähnt, was diese Vermutung zulassen würde.

DAS ERBSTÜCK

»Kurt, du musst sofort kommen! Ich bin bestohlen worden. Die Perlenkette deiner Großmutter ist weg. Du weißt schon, das alte Erbstück, das ich einmal an dich weitergeben möchte.«

Inspektor Denk schnaufte vernehmlich in den Hörer. Seine Tante war seit geraumer Zeit etwas verwirrt. Erst vor wenigen Wochen hatte sie den Fernsehtechniker, der den Satellitenreceiver neu eingerichtet hatte, beschuldigt, ihre Geldbörse entwendet zu haben. Das gute Stück war dann am nächsten Tag im Kühlschrank hinter der Butterdose zum Vorschein gekommen.

»Bist du dir sicher, dass du sie nicht wieder verlegt hast?«

»Absolut sicher! Seit Jahr und Tag bewahre ich die Kette in der alten Keksdose in meiner Schlafzimmerkommode auf. Hinter den Unterhosen. Dort sucht garantiert niemand nach Wertgegenständen. Du musst kommen, sonst gehe ich zur Polizei und erstatte Anzeige.«

Die Drohung wirkte. Er wollte sich nicht ein weiteres Mal vor seinen Kollegen blamieren.

»Beruhige dich, Tante! In einer halben Stunde bin ich bei dir.«

Nachdem er die ganze Wohnung auf den Kopf gestellt hatte, musste er zugeben, dass die Kette tatsächlich verschwunden war.

»Dann erzähl noch einmal der Reihe nach, wer deiner Meinung nach für den Diebstahl infrage kommt!«

»Also«, begann seine Tante auszuholen, »ich habe mich gestern Nachmittag mit meinen Freundinnen wie jeden Mittwoch im Kaffeehaus getroffen. Wir haben zuerst eine Tasse Tee getrunken, dann ein Glas Wein und beim Tratschen ganz die Zeit übersehen. Deshalb bin ich auch erst wieder gegen halb sechs daheim gewesen.«

»Könntest du bitte endlich zur Sache kommen!«, forderte Denk seine Tante auf. Sie warf ihm einen gekränkten Blick zu.

»Ich hätte mir denken können, dass dich nicht interessiert, was deine alte Tante den lieben langen Tag so treibt. Kümmerst dich ja auch kaum mehr um mich! Damit du einmal bei mir vorbeischaust, muss schon ein Verbrechen passieren. Das ist eigentlich sehr traurig.«

»Tut mir leid«, sagte Denk. »War nicht so gemeint. Ich verspreche Besserung, aber könntest du jetzt trotzdem fortfahren.«

»Also, dass die Kette weg ist, habe ich erst am Abend bemerkt, als ich mich zu Bett begeben und gewohnheitsmäßig überprüft habe, ob alles in Ordnung ist.«

»Hast du einen Verdacht, wer sie gestohlen haben könnte?«

Seine Tante zuckte mit den Schultern. »Eigentlich nicht! Ich weiß nur, wer gestern während meiner Abwesenheit in der Wohnung war.«

»Und das wäre?«

»Die Putzfrau. Sie kommt immer mittwochs. Herr Gabriel …«

»Wer bitte ist Herr Gabriel?«, wollte Denk wissen.

»Mein Nachbar, ein herzensguter Mensch. Er hat den tropfenden Wasserhahn im Bad ausgewechselt. Und Julian.«

»Julian?«, fragte er überrascht nach. Julian war der Sohn seiner Schwester. »Seit wann schaut er freiwillig bei dir vorbei?«

»Immer, wenn er in Geldnöten ist. Und glaub mir, das kommt gar nicht so selten vor!«

»Dann hätte er ja sogar ein Motiv. Was kannst du mir über die anderen Personen sagen?«

»Herr Gabriel erledigt immer wieder kleine Arbeiten für mich. Er ist handwerklich sehr geschickt, jedenfalls geschickter als in Geldangelegenheiten. Es wird gemunkelt, dass er sein ganzes Vermögen verspekuliert hat. Nun, und Ilona putzt seit über drei Jahren für mich. Sie ist ordentlich und gewissenhaft. Etwas Nachteiliges wüsste ich über sie nicht zu berichten.«

»Dann bitte alle drei heute Nachmittag zu dir, damit ich mich mit ihnen unterhalten kann! Und kein Sterbenswörtchen zu irgendjemandem, was passiert ist!«

Als Inspektor Denk kurz vor vier in die Wohnung seiner Tante zurückkehrte, waren die drei Verdächtigen bereits im Wohnzimmer versammelt.

»Du, Onkel Kurt!«, rief Julian Bauer überrascht aus, als Denk eintrat. »Was soll das bedeuten?«

»Das wirst du gleich erfahren. Meiner Tante wurde gestern etwas entwendet«, informierte der Inspektor die Anwesenden. »Eigentlich kommt nur jemand von Ihnen für den Diebstahl infrage.«

»Was?«, empörte sich sein Neffe. »Du verdächtigst auch mich? Da komme ich einmal vorbei, um bei meiner Großtante nach dem Rechten zu sehen, und schon werde ich des Diebstahls bezichtigt.«

»Also, ich war die ganze Zeit über im Bad«, meldete sich Herr Gabriel zu Wort. »Das kann Ihnen Ilona sicher bestätigen. Außerdem würde ich mich nie in das Schlafzimmer einer Dame wagen.« Er deutete eine leichte Verbeugung in Richtung seiner Nachbarin an, worauf diese errötete.

»Niemand verdächtigt Sie, Herr Gabriel«, beeilte sich seine Tante zu sagen. »Mein Neffe will sich nur ein umfassendes Bild machen.«

»Können Sie die Angaben von Herrn Gabriel bestätigen?«, wandte sich Denk an die Putzfrau.

»Ich ganze Wohnung saubergemacht und nicht aufgepasst auf Mann. Aber ich nichts genommen, tue so etwas nicht, brauche Job für Lebensunterhalt.«

»Und woher haben Sie das Geld für das Cabrio, mit dem Sie gerade vorgefahren sind?«, ereiferte sich Julian Bauer.

»Ich jeden Cent sparen. Ist Frechheit mich zu beschuldigen. Immer ehrlich«, wehrte sie sich. »Aber junger Mann halbe Stunde alleine in Wohnzimmer gewesen, warten auf Chefin. Wer weiß, was da getan.«

Denks Neffe sprang auf. »Unverschämtheit! Will uns glauben machen, dass sie sich vom Putzen einen teuren Schlitten leisten kann, und beschuldigt mich, dass ich stehle. Ich weiß überhaupt nicht, warum ich mir das antue. Mir reicht es! Ich gehe.«

Auch Herr Gabriel erhob sich. Er deutete auf seine Armbanduhr. »Ich muss mich entschuldigen, ein dringender Termin wartet auf mich. Ich nehme an, Sie können auf meine Anwesenheit verzichten, nachdem sich alle Anschuldigungen als haltlos erwiesen haben.«

Inspektor Denk drückte seinen Neffen auf den Stuhl nieder und bat Herrn Gabriel, sich ebenfalls wieder niederzusetzen.

»Dir, lieber Julian, würde ich raten, den Mund nicht so voll zu nehmen, was ehrliche Arbeit anbelangt. Und Sie, Herr Gabriel, wollen sicher auch erfahren, wer die Kette gestohlen hat?«

Die Anwesenden schauten ihn verblüfft an.

Wer ist der Täter? Wodurch hat er sich verraten?

Lösung: 3. Rätsel-Krimi

Der Nachbar, Herr Gabriel, hat die Kette gestohlen. Er hat sich durch seine Aussage, er würde sich nie in das Schlafzimmer einer Dame wagen, verraten. Es wurde bisher mit keinem Wort erwähnt, dass die Kette aus dem Schlafzimmer entwendet worden ist.

ES MUSS EIN WEIN SEIN

Österreichs bekanntester Weinkritiker, Udo Karl, war tot in seiner Villa aufgefunden worden. Erschlagen mit einer Flasche.

Selbst Denk, der leidenschaftlicher Biertrinker war und gerade einmal Rot- von Weißwein unterscheiden konnte, war Karl ein Begriff. Dessen wöchentliche Kolumne in der führenden Zeitung des Bundeslandes war derart brillant geschrieben, dass auch er sie regelmäßig las, obwohl er – wie gesagt – mit Wein nichts am Hut hatte.

Karls Villa lag auf dem Pöstlingberg. Denk warf einen Blick auf die Uhr und stieß einen leisen Fluch aus. An und für sich war Linz ein Dorf und jeder Punkt der Stadt in wenigen Minuten zu erreichen. Außer er lag auf der Nordseite der Donau. Dort befand sich das Nadelöhr der Stadt. Seit Jahrzehnten war die Errichtung einer weiteren Donaubrücke geplant, aber die Realisierung war entweder am Widerstand der Anrainer, an der Uneinigkeit der Politiker oder an den fehlenden finanziellen Mitteln gescheitert. Ab der Nibelungenbrücke, die Linz mit Urfahr auf der anderen Seite der Donau verband, kam er nur noch im Schritttempo vorwärts. Zäh wie Kaugummi kroch der Verkehr die Rudolfstraße entlang. Wieder einmal wunderte sich Denk wie baufällig die Gebäude an dieser Hauptverkehrsader waren. Das änderte sich schlagartig, als er die Hohe Straße erreichte, die zum Pöstlingberg emporführte. Die mehrstöckigen Mietshäuser verschwanden und machten schmucken Einfamilienhäusern Platz. Je höher er kam, desto prachtvoller wurden die Behausungen. Obwohl ihm durchaus klar war, dass eine Koryphäe wie Karl ordentlich entlohnt wurde, staunte er nicht schlecht, als er den Wagen vor dessen Villa abstellte. Das Gebäude vor ihm hätte gut und gerne vier

Familien Platz geboten. Er betrat ehrfurchtsvoll die Terrasse und ließ den Blick über Linz schweifen. Unter ihm wand sich die Donau in einer Schleife um die Stadt. Der Turm des Linzer Doms ragte wie ein mahnender Finger in die Höhe. Hätte nicht Kaiser Franz Joseph vor über 100 Jahren höchstpersönlich darauf bestanden, dass in Wien die höchste Kirche Österreichs zu stehen habe, wäre diese Ehre Linz zuteil geworden. So hatte man sich mit Platz zwei begnügen müssen, einen Meter niedriger als der Stephansdom. Auch wenn ihm mittlerweile einige Bürotürme Konkurrenz bereiteten, blieb der Dom das höchste Gebäude der oberösterreichischen Landeshauptstadt. Obwohl die schneebedeckten Gipfel der Alpen an die 100 Kilometer entfernt lagen, schienen sie zum Greifen nahe.

»Gut, dass Eva das nicht sieht«, murmelte Denk. Seiner Frau war die Dreizimmerwohnung, die sie in der Innenstadt ihr Eigen nannten, seit Jahren ein Dorn im Auge. Eine Behausung wie Karls Villa oder jene seiner Nachbarn wäre ihr gerade recht gewesen. Allerdings hätte sein karges Beamtengehalt nicht einmal für die Heizkosten ausgereicht. Ein Räuspern riss ihn aus seinen Gedanken.

Ein Streifenbeamter stand hinter ihm und wies mit der Hand auf die offene Haustür. »Der Tote liegt im Wohnzimmer. Ich soll hier draußen aufpassen, dass niemand herumtrampelt und mögliche Spuren verwischt.«

Medizinalrat Sedlacek führte gerade die Totenbeschau durch.

»Es ist gar nicht so leicht, eine Flasche auf dem Schädel eines Menschen zu zertrümmern. Der Täter muss mit voller Wucht zugeschlagen haben. Ich denke, dass eine massive Gehirnblutung den Tod herbeigeführt hat. Genaueres kann ich dir natürlich erst nach der Obduktion sagen.«

Der Arzt fischte ein Etikett, an dem ein paar grüne Glassplitter klebten, aus der Weinlache, in der der Kopf des Toten ruhte.

»Die Tatwaffe ist ein Grüner Veltliner vom Weingut Gamp in Krems. Schade um den guten Tropfen!«

»Woher weißt du, dass er gut ist?«, erkundigte sich Denk, der von Wein ungefähr so viel Ahnung hatte wie ein Sudanese vom Gletscherschilauf.

»Wenn Karl den zu Hause hat, muss er es wohl sein.«

»Kannst du mir auch schon sagen, wann der Tod eingetreten ist?«

»Ich würde meinen vor rund acht Stunden. Also gegen Mitternacht.«

Denk bedankte sich und ging in die Küche, wo Irma Kainz, Karls Haushälterin, wartete. Sie hatte den Toten gefunden.

»Frau Kainz, erzählen Sie mir einmal, wie das heute Morgen war.«

»Ich bin kurz vor sieben eingetroffen. Vom Flur aus habe ich Herrn Karl auf dem Boden liegen gesehen. Ich habe mir gedacht, dass er gestürzt ist und sich verletzt hat. Also bin ich hinein und da starrt er mich mit diesen ausdruckslosen Augen an und ich … Es war so furchtbar.« Sie brach in Tränen aus.

Denk wartete eine Weile, ehe er mit der Befragung fortfuhr.

»Ist Ihnen bekannt, ob Herr Karl in letzter Zeit bedroht wurde?«

Sie schlug entsetzt die Hand vor den Mund. »Erst vor einer Woche hat er gesagt, dass ihn nicht wundern würde, wenn ihm einer der verschmähten Winzer einmal den Kragen umdreht. Außerdem hat er sich vor zwei Tagen lautstark mit seinem Kompagnon, Herrn Kurz, gestritten.«

»Haben Sie zufällig mitbekommen, worum es bei diesem Streit ging?«

»Um die Weinzeitschrift, die von den beiden gemeinsam herausgegeben wird. Mehr weiß ich leider auch nicht.«

»Udo tot? Das kann nicht sein. Ich habe doch erst gestern mit ihm die Weinmesse im Vereinshaus besucht. Da war er noch gesund und munter. Darf man erfahren, woran er gestorben ist?«

»Er wurde mit einer Weinflasche erschlagen.«

Kurz riss erstaunt die Augen auf. »Was für ein Tod! Allerdings hätte er sich bei seinen Verdiensten um den Wein zumindest einen Chablis, wenn nicht einen Bordeaux verdient! Eigentlich unerklärlich, warum er einen Gamp zu Hause hatte. Erst vor ein paar Wochen hat er diesen Wein in unserem Magazin total vernichtet. Übrigens hat ihn der Weinbauer gestern auf der Weinmesse aufs Wüsteste beschimpft und ihm angedroht, dass er ihm diese Schmach heimzahlen wird.«

»Und dafür gibt es Zeugen?«

»Hunderte. Gamp hat kein Blatt vor den Mund genommen.«

»Dann muss ich wohl nach Krems fahren, um mir den Herrn einmal vorzunehmen.«

»Nicht nötig. Die Weinmesse findet bis morgen statt. Gamp ist sicher noch dort, um seinen Fusel an den Mann zu bringen.«

»Von Frau Kainz habe ich erfahren, dass es Streit zwischen Ihnen und Karl gegeben hat.«

»Sie glauben doch nicht, dass ich etwas mit dieser abscheulichen Tat zu tun habe«, fiel ihm Kurz ins Wort. »Udo und ich waren Freunde.«

»Und worum ist es bei dieser Auseinandersetzung gegangen?«

»Um unser Weinmagazin. Ich wollte eine Neuorientierung, um ein breiteres Leserspektrum zu erreichen. Udo wollte hingegen die exklusive Ausrichtung beibehalten. Eine Meinungsverschiedenheit unter Geschäftspartnern, mehr nicht, und wahrlich kein Grund, einem anderen etwas anzutun.«

»Trotzdem würde ich gerne wissen, wo Sie gestern gegen Mitternacht waren.«

»Daheim im Bett. Leider gibt es dafür keine Zeugen.«

Im Vereinshaus herrschte bereits am Vormittag reges Treiben. Über 100 Winzer aus ganz Österreich waren mit ihren Weinen vertreten. Die Stände aus dem Weinviertel befanden sich im hinteren Teil des prunkvollen Saals.

Gamp stand etwas verloren hinter seinem Verkaufstisch. Seine rot gefärbte Nase verriet, dass er offensichtlich selbst sein bester Kunde war.

Denk stellte sich vor.

»Sie sind wegen Karl hier. Stimmt's?«

»Woher wissen Sie?«

»Dass er tot ist, hat sich auf der Messe wie ein Lauffeuer verbreitet, und ich sage Ihnen gleich, dass ich diesem Schurken keine Träne nachweine.«

»Uns ist berichtet worden, dass Sie ihn gestern bedroht haben.«

»Das ist richtig. Ich habe ihm ordentlich meine Meinung gesagt. Immerhin hat er es zuwege gebracht, mit ein paar schnell hingekritzelten Worten meine ganze Existenz zu vernichten. Aber trotzdem ist das kein Grund, einen anderen zu töten. Ich verstehe auch nicht, warum Sie gerade zu mir kommen. Ich kenne Dutzende Kollegen, die nicht gut auf ihn zu sprechen sind.«

»Weil er mit einer Weinflasche aus Ihrer Kellerei erschlagen worden ist. Wo waren Sie eigentlich gestern gegen Mitternacht?«

Gamp brach in lautes Lachen aus. »Was für eine Ironie des Schicksals! Erschlagen mit meinem Wein. Das vergönne ich ihm von ganzem Herzen. Aber ich habe damit nichts zu tun, das müssen Sie mir glauben. Und um auf Ihre Frage zurückzukommen: Ich bin kurz nach 23 Uhr im Hotel eingetroffen und todmüde ins Bett gefallen.«

»Gibt es dafür Zeugen?«

»Ich fürchte nicht. Der Nachtportier hat bereits geschlafen, als ich das Hotel betreten habe.«

Denk bedachte Gamp mit einem zweifelnden Blick. Natürlich war dieser verdächtig, aber wenn seine Kollegen keine Fingerabdrücke auf den Überresten der Weinflasche fanden, würde es schwer werden, ihm die Tat nachzuweisen.

»Ich ersuche Sie, sich bis zur endgültigen Auswertung aller Spuren zu unserer Verfügung zu halten.«

»Selbstverständlich«, erwiderte Gamp und holte eine Weinflasche unter dem Tisch hervor. »Darf ich Ihnen wenigstens eine Flasche von meinem Veltliner zum Kosten mitgeben, damit Sie sich selbst ein Urteil bilden können, ob Karl recht hatte?«

Als Denk die Flasche in der Hand des Winzers erblickte, fiel ihm plötzlich ein, was er übersehen hatte.

Was hat Denk übersehen? Wer ist der Täter?

Lösung: 4. Rätsel-Krimi

Kurz sagt aus, dass Karl sich für seinen Tod zumindest einen Chablis, wenn nicht einen Bordeaux verdient hätte, und er sich nicht erklären kann, warum sein Kompagnon überhaupt einen Gamp zu Hause hatte. Da Denk mit keiner Silbe erwähnt hat, um welchen Wein es sich bei der Tatwaffe handelt, Kurz das aber weiß, muss er der Täter sein.

FASCHINGSTREIBEN

Denk wollte sich gerade über sein Schnitzel hermachen, als sein Assistent in die Kantine gestürmt kam. »Chef, die Bank in der Magazingasse ist gerade überfallen worden!«

Kurt Denk warf einen wehmütigen Blick auf das Essen, erhob sich und folgte seinem Mitarbeiter zum Wagen.

Obwohl der Tatort nur fünf Minuten vom Präsidium entfernt lag, brauchten sie eine halbe Stunde. Kein Wunder! Es war Rosenmontag, und in der Stadt herrschte Ausnahmezustand. Zum ersten Mal seit über 20 Jahren wurde nämlich wieder ein Faschingsumzug durchgeführt. Irgendwann Ende der 80er-Jahre waren die Karnevalsfeiern in Linz wegen des geringen Publikumsinteresses eingestellt worden. Was kein Wunder war, galt doch der Linzer als jemand, der zum Lachen in den Keller ging. Auch Denk bildete da beileibe keine Ausnahme. Und dann das! In der ganzen Stadt wimmelte es von Narren. Zehntausende Schaulustige säumten die Landstraße und bewunderten die aufwendig gestalteten Karnevalswagen, die in einem prächtigen Korso vom neuen Musiktheater bis zum Hauptplatz zogen. Ganz Linz schien auf den Beinen zu sein, um an diesem Spektakel teilzuhaben.

»Der Mann hat sich den perfekten Zeitpunkt für seine Tat ausgesucht«, meinte der Leiter des Einsatzkommandos, als Denk endlich die Magazingasse erreichte.

»Kurz vor dem Überfall hat der große Faschingsumzug begonnen. Obwohl wir sofort die Fahndung eingeleitet haben, war es ihm ein Leichtes, in der Menge unterzutauchen und zu verschwinden.«

»Gibt es wenigstens eine brauchbare Täterbeschreibung?«, erkundigte sich Denk.

»Die Überwachungskamera hat alles festgehalten, aber ich fürchte, das wird uns nicht recht weiterhelfen.«

Der Beamte schaltete den Monitor ein und ließ den Film ablaufen. Exakt um 11.31 Uhr betrat der Täter die Bank. Er trug eine Gorillamaske und grinste höhnisch Richtung Aufnahmegerät.

»Habt ihr auch nach einem Gorilla Ausschau gehalten?«

»Selbstverständlich! Aber in der Stadt wimmelt es nur so von Affen. Nach dem Erfolg von ›King Kongs Sohn‹ ist diese Maske der Renner der Saison.«

»Und was jetzt?«, wollte sein Assistent wissen, als sie wieder im Wagen saßen.

»Jetzt schauen wir einmal im Computer nach, wer von unseren Spezialisten augenblicklich nicht auf Staatskosten freie Kost und Logis in Anspruch nimmt!«

Einer von ihnen war Jack Vogel.

»Na, Jack, wie ist das werte Befinden?«

»Ich kann mir nicht vorstellen, dass Sie mich hergeholt haben, um sich mit mir über mein Befinden zu unterhalten.«

»Hast recht, kommen wir gleich zur Sache! Kennst du die Bank in der Magazingasse?«

Vogel hob abwehrend die Hände. »Nicht mit mir! Seit meiner Haftentlassung vor einem Jahr bin ich sauber.«

»Dann kannst du mir sicher sagen, wo du heute kurz vor Mittag gewesen bist.«

»Dort, wo alle waren. In der Stadt, um Fasching zu feiern.«

»Gibt es dafür Zeugen?«

»Tausende, nur weiß ich nicht, ob mich jemand erkannt hat. Ich war nämlich als Cowboy verkleidet.«

»Der Täter war bewaffnet. Auch bei dir haben wir eine Waffe gefunden.«

Vogel lachte. »Eine Spielzeugpistole. Die gehört doch zu meiner Verkleidung. Außerdem wissen Sie genau, dass ich niemals Gewalt angewendet habe und mir früher lediglich eine Strumpfmaske übergezogen habe. Ein Überfall wie dieser passt doch eher zu Jonny Matschke.«

An Matschke hatte Denk auch schon gedacht. Dieser hatte in den 90er-Jahren mehrere Banken überfallen. Sein Markenzeichen war eine Gorillamaske gewesen, die er zur Tarnung über dem Gesicht trug.

»Sieh an, sieh an, der Vogel singt! Hast du etwas läuten hören?«

Denk wollte Vogel gerade in die Mangel nehmen, als die Tür aufgerissen wurde. Es war sein Assistent.

»Chef, wir haben Matschke samt Gorillamaske!«

Denk folgte ihm auf den Flur. Dort stand Matschke in einem Affenkostüm. Die dazu passende Maske hielt er in der Hand. Denk ließ ihn in einen Nebenraum bringen.

»Na, Matschke, lange nicht gesehen?«

Der Mann schwieg.

»Wo warst du heute gegen Mittag?«

»Mit Freunden unterwegs.«

»Und die können das bezeugen?«

Er nickte.

»Und warum läufst du als Affe herum?«

»Weil Fasching ist. Das ist doch nicht verboten.«

»Ist es nicht. Komisch ist nur, dass heute Mittag eine Bank überfallen wurde und der Täter als Gorilla verkleidet war. Fällt der Groschen?«

»Das können Sie mir nicht anhängen. Das war ein Nachahmungstäter. Außerdem habe ich ein Alibi. Fragen Sie meine Kumpel! Ohne meinen Anwalt sage ich jedenfalls kein Wort mehr.«

Denk ließ sich von Matschke die Namen geben. Dann schickte er zwei Beamte los, um das Alibi zu überprüfen.

Als Letzter wartete Robert Gigler alias Roberto Gigoletto auf seine Vernehmung. Den italienischen Spitznamen verdankte er seiner Leidenschaft für Amore. Angeblich konnte keine Frau seinem südländisch anmutenden Charme widerstehen.

Im Kofferraum seines Alfa Romeo hatten die Beamten bei seiner Ergreifung eine Gorillamaske gefunden, was gar nicht zu ihm passte, weil er viel zu eitel war, sein Gesicht mit einer Maske zu verdecken.

»Na, Roberto, wie gehen die Geschäfte?«

»Grazie, Commissario, blendend. Aber nicht, was Sie denken. Ich habe die Frau meines Lebens kennengelernt und arbeite für sie.«

»Du und arbeiten? Das wäre etwas ganz Neues.«

Gigoletto warf ihm einen beleidigten Blick zu. »Wir machen in Immobilien, und meine Frau sagt, ich sei darin über die Maßen talentiert.«

»Dann hast du sicher ein Alibi für heute Vormittag.«

»Uno minuto, Commissario!« Gigoletto holte einen Terminkalender aus der Tasche. »8.30 bis 9.30 Uhr Frühstück mit meiner Frau im Marriot. Um zehn Termin mit einer Kundin in Haid. Und um elf war ich bei der Maniküre.« Er streckte seine Hände in Denks Richtung, damit dieser sie begutachten konnte.

»Wie lange hat das gedauert?«

»Eine halbe Stunde. Dann habe ich mich mit meiner Frau im ›Dolce‹ getroffen.«

Das ›Dolce‹ galt als eines der besten italienischen Restaurants der Stadt. Einmal hatte Denk seine Frau zum Hochzeitstag dorthin ausgeführt und ein halbes Monatsgehalt für das schmale Essen berappen müssen.

»Man isst also im ›Dolce‹. Dir scheint es ja wirklich blendend zu gehen. Eine andere Frage: Was wolltest du eigentlich mit der Gorillamaske, die wir in deinem Auto gefunden haben?«

»Die gehört meiner Frau. Wir sind am Abend zu einem Maskenball eingeladen. Sie verkleidet sich als King Kong.«

»Und du?«

»Als Tarzan?« Er trommelte mit den Fäusten auf seine Brust und stieß einen Urwaldschrei aus.

»Weißt du, was mir zu denken gibt? Das ›Dolce‹ liegt nur einen Katzensprung von der Bank entfernt, die heute überfallen wurde. Der Überfall war nach drei Minuten vorbei und der Täter hat eine Gorillamaske getragen. Hast du schnell ein wenig Bargeld gebraucht, um deiner Frau das Essen zu bezahlen?«

»Aber Commissario, das habe ich doch nicht nötig«, protestierte Roberto. »Fragen Sie meine Frau!«

»Das werden wir. Darauf kannst du Gift nehmen.«

Denk war nicht unzufrieden. Sie hatten drei Tatverdächtige. Mit etwas Glück würden sie noch heute den Fall lösen. Er warf noch einmal einen Blick in seine Aufzeichnungen.

Aber warum Glück? Eigentlich war sonnenklar, wer die Bank überfallen hatte.

Wen verdächtigt Denk? Wodurch hat sich die Person verraten?

Lösung: 5. Rätsel-Krimi

Denk verdächtigt Jack Vogel. Dieser sagt aus, dass er immer einen Damenstrumpf übergezogen hat und ein Überfall wie dieser eher zu Jonny Matschke passe. Den Bezug zu Matschke kann Vogel eigentlich nur herstellen, wenn er weiß, dass der Täter eine Gorillamaske getragen hat. Das hat der Kommissar aber mit keinem Wort erwähnt.

ZIEMLICH BESTE FREUNDINNEN

Müde sperrte Denk die Wohnungstür auf. Er hatte einen anstrengenden Tag hinter sich. Was er jetzt brauchte, war ein gutes Abendmahl und seine Couch, auf der er es sich nach dem Essen gemütlich machen würde, um das Fußballspiel im Fernsehen zu genießen. Immerhin ging es um den Aufstieg Rapids in die K.-O.-Phase der Europa League. Ein Pflichttermin für jeden österreichischen Fußballfan.

Die Stimmen, die aus dem Wohnzimmer in den Flur drangen, ließen seine Miene erstarren. Besuch! Um diese Zeit! Das durfte nicht wahr sein!

Als er das Wohnzimmer betrat, sprang seine Nichte auf und warf sich ihm in die Arme. »Onkel Kurt, du musst mir helfen! Ich bin bestohlen worden.«

»Das ist sehr bedauerlich«, erwiderte er und blickte hoffnungsvoll zu seiner Couch. »Ich würde vorschlagen, du kommst morgen in mein Büro und wir nehmen eine Anzeige auf.«

»Das ist jetzt nicht dein Ernst. Oder?«, mischte sich seine Frau ein. »Immerhin geht es um deine Nichte. Du wirst dich auf der Stelle um diese Angelegenheit kümmern.«

Zähneknirschend ergab sich Denk in sein Schicksal. »Ist doch klar. Dann erzähl einmal, was passiert ist!«

»Also, heute Nachmittag hat mir mein Chef einen Ring übergeben und mich gebeten, diesen morgen zum Juwelier zu bringen, um ihn verkleinern zu lassen. Bei dem Ring handelt es sich um ein altes Erbstück, das er seiner neuen Freundin zur Verlobung schenken will. Als ich zu Hause die Schmuckdose aus meiner Handtasche genommen habe, musste ich zu meinem Entsetzen feststellen, dass sie leer war. Wenn das mein Chef erfährt, kann ich auf der Stelle meine Sachen packen.

Außerdem bin ich ruiniert, denn der Ring war ein Vermögen wert.« Die junge Frau brach wieder in Tränen aus.

»Bist du eigentlich nach der Arbeit sofort nach Hause gegangen?«

Nicole schüttelte den Kopf. »Ich habe mich um fünf mit meinen Freundinnen im ›Exxtrablatt‹ getroffen.«

»Du warst im ›Exxtrablatt‹?«, rief Denk erstaunt aus. Das ›Exxtrablatt‹ war seine Stammkneipe. Sie lag auf der Spittelwiese, das war für viele Linzer der schönste Platz der ganzen Stadt. Wenn es das Wetter zuließ, saß man im Freien im Schatten der alten Bürgerhäuser, die mehr an Palais, denn an Wohngebäude erinnerten, und konnte mit ein wenig Fantasie davon träumen, wie sich das Leben in Linz vor über 300 Jahren abgespielt haben mochte. Das Lokal selbst lag im Souterrain eines imposanten Gebäudes. Für den Namen hatte Billy Wilders Komödie ›Extrablatt‹ mit Jack Lemmon und Walter Matthau Pate gestanden. Die Wände der Bar schmückten Dutzende Kinoplakate und Hunderte Bilder, die Szenen aus legendären Filmen präsentierten. Harry, der Wirt der Kneipe, war eine Institution in Linz. Er kannte alle Gäste beim Namen, nahm sich stets Zeit für einen kurzen Schwatz und las einem jeden Wunsch von den Augen ab. Am Freitag traf sich Denk dort stets nach der Arbeit mit seiner Frau, um die Sorgen des Alltags mit einem Glas Kübelbier wegzuspülen oder um einfach ein wenig zu chillen, wie es seine Nichte wohl ausgedrückt hätte. Allerdings hatte er Nicole dort noch nie angetroffen. Höchstwahrscheinlich begann ihr Nachtleben erst, wenn er schon längst im Bett lag und schlief.

»Ganz richtig!«, wiederholte Nicole. »Ich war im ›Exxtrablatt‹.«

»Und dann?«, wollte Denk wissen.

»Gegen acht bin ich dann mit der Straßenbahn heimgefahren.«

»Ist es möglich, dass dir während der Heimfahrt jemand den Ring entwendet hat?«

»Sicher nicht! Ich habe meine Handtasche wie meinen Augapfel gehütet. Der Diebstahl muss in meinem Lieblingslokal verübt worden sein, obwohl es absolut unvorstellbar ist, dass …«

»Eine deiner Freundinnen den Ring gestohlen hat«, ergänzte Denk. »Haben sie denn von dem Schmuckstück gewusst?«

Nicole nickte schuldbewusst. »Ich dumme Kuh habe ihnen den Ring sogar noch gezeigt.«

»Dann wird uns nichts übrig bleiben, als deinen besten Freundinnen einmal auf den Zahn zu fühlen.«

Als Erstes suchte Denk Lisa Klein auf.

»Ich will nicht lange um den heißen Brei herumreden«, begann er, nachdem ihn die junge Frau ins Wohnzimmer geführt hatte. »Nicole ist heute Abend bestohlen worden …«

»Und jetzt beschuldigt sie mich, nur weil ich ihr anvertraut habe, dass ich augenblicklich knapp bei Kasse bin. Eine schöne Freundin ist das! Richten Sie ihr aus, sie soll kommen und mir persönlich ins Gesicht sagen, dass ich eine Diebin bin.«

Denk hob abwehrend die Arme in die Höhe. »Das haben Sie völlig falsch verstanden. Ich wollte nur von Ihnen in Erfahrung bringen, ob Ihnen etwas Verdächtiges aufgefallen ist.«

»Mir ist nichts aufgefallen«, gab sie kurz angebunden zur Antwort, »außer, dass Niki wieder einmal einen zu viel über den Durst getrunken hat. Vielleicht wäre das alles nicht passiert, wenn sie sich ein wenig zurückhalten würde. Wenn das alles war, würde ich Sie jetzt ersuchen, zu gehen.«

Denk war klar, dass das Gespräch nicht sonderlich gut gelaufen war, und er nahm sich vor, bei Ruth Wagner behutsamer vorzugehen.

»Niki ist bestohlen worden?«, rief diese erschrocken aus, als Denk ihr den Grund seines Kommens nannte. »Die Arme! Also, mir wäre aufgefallen, wenn sich jemand an ihrer Tasche zu schaffen gemacht hätte, denn im Gegensatz zu meinen Freundinnen, die zum Rauchen mehrmals nach vorn in den Raucherbereich gegangen sind, bin ich Nichtraucherin und habe die ganze Zeit über meinen Platz nicht verlassen. Obwohl …« Sie kniff die Augen zusammen. »Einmal bin ich auf die Toilette gegangen. Gut möglich, dass unsere Sachen für ein paar Minuten unbeaufsichtigt waren. Andererseits habe ich noch nie gehört, dass im ›Exxtrablatt‹ etwas gestohlen worden wäre. Wissen Sie …« Sie schaute ihn ernst an. »Niki neigt dazu, um es einmal charmant auszudrücken, gelegentlich ein Gläschen zu viel zu trinken. Auch heute war sie nicht mehr ganz sicher auf den Beinen. Wäre es nicht möglich, dass sie den Ring verloren hat? In ihrem Zustand wäre das nicht ganz von der Hand zu weisen.«

Denk verabschiedete sich schockiert von der jungen Frau. Was er über Nicoles Trinkverhalten zu hören bekommen hatte, gab ihm gehörig zu denken.

Ohne große Erwartungen machte er sich auf den Weg zu Ulrike Grabner, der dritten Freundin, die beim Treffen in diesem Lokal dabei gewesen war.

»Sie brauchen mir gar nichts mehr erklären«, sagte sie, als sie die Tür öffnete. »Lisa und Ruth haben mich bereits abgerufen und davon in Kenntnis gesetzt, was passiert ist. Vorweg, mir ist nichts Verdächtiges aufgefallen. Wenn Niki tatsächlich bestohlen worden ist, wie sie behauptet, dann muss das auf dem Heimweg passiert sein. Allerdings war sie so sternhagelvoll, dass ich ihrer Darstellung nicht unbedingt Glauben schenken würde. Höchstwahrscheinlich bildet sie sich das alles nur ein.«

Erschüttert machte sich Denk auf den Weg nach Hause. Er nahm sich vor, gleich morgen seinen Bruder aufzusuchen, um mit ihm ein ernstes Wort über Nicoles Lebenswandel zu sprechen.

Nach allem, was er bisher erfahren hatte, hatte auch er mittlerweile Zweifel, ob seine Nichte tatsächlich bestohlen worden war. Am besten wäre es, wenn er ihre Tasche selbst noch einmal in Augenschein nahm, um zu überprüfen, ob der Ring tatsächlich verschwunden war. Dann würde man weitersehen.

Er drehte das Radio auf. Rapid lag drei Minuten vor Spielschluss hoffnungslos zurück. Damit war seine Stimmung endgültig im Keller. Daran änderte auch die plötzliche Erkenntnis nichts, dass Nicole doch die Wahrheit gesagt hatte.

Wer hat den Ring gestohlen?

Lösung: 6. Rätsel-Krimi

Ruth Wagner hat den Ring gestohlen. Obwohl Denk mit keinem Wort erwähnt, was seiner Nichte entwendet worden ist, weiß Ruth Wagner, dass es sich um den Ring handelt.

SAMMLERPECH

Müde stellte Inspektor Denk seinen Wagen vor der Einfahrt der Villa auf dem Linzer Freinberg ab und gähnte einmal herzhaft, ehe er ausstieg. Es war sechs Uhr morgens. Normalerweise hätte er wegen eines Einbruchs um diese Zeit keinen Fuß vor die Tür gesetzt. Aber als er erfuhr, bei wem dieser stattgefunden hatte, ließ er es sich nicht nehmen, persönlich am Tatort vorbeizuschauen.

Vor dem Eingangstor hatten zwei Uniformierte Posten bezogen und salutierten. Er erwiderte den Gruß und warf einen Blick auf das imposante Gebäude, das drei Stockwerke hoch war. Die Fassade war im Jugendstil gehalten und mit floralen Ornamenten verziert. Die mannshohen Fenster umkränzten kunstvoll gewundene Blumengirlanden, unter dem Dach verlief ein Fries aus zierlichen Frauenköpfen, die den Betrachter einladend anlächelten. Wie die meisten Häuser auf dem Freinberg war auch diese Villa in der zweiten Hälfte des 19. Jahrhunderts errichtet worden. Während jedoch damals eine reiche Bürgerfamilie mit ihren Dienstboten darin residierte, bot sie heute Platz für mindestens vier Parteien. Wenn Denk mit seiner Frau in den weitläufigen Grünanlagen dieses Stadtteils spazieren ging, wurde diese nie müde zu betonen, wie gern sie eine dieser Prachtbauten ihr Eigen nennen würde, und rechnete ihm stets vor, dass ein Erwerb durchaus im Rahmen ihrer finanziellen Möglichkeiten läge. Doch Denk wusste es besser. Sein Beamtengehalt würde nicht einmal ausreichen, die Heizkosten abzudecken. Gar nicht zu reden von den Unsummen, die der Kauf und Erhalt eines solchen Objektes erforderte. Viele der Gebäude hier hatten schon einmal bessere Zeiten erlebt und zeigten deutlich, dass die Kosten den Eigentümern längst über den Kopf gewachsen waren.

Das war bei der Villa, vor der er stand, nicht anders. An einigen Stellen bröckelte der Verputz ab, die Fensterrahmen hätten dringend einen neuen Anstrich benötigt und die Stufen, die zum herrschaftlichen Eingangsportal emporführten, waren so schadhaft, dass beim Betreten Vorsicht geboten war.

Das verwunderte Denk zutiefst, denn Alfons Wegener, dem das Gebäude gehörte, war einer der reichsten Männer von Linz. Er hatte sich vor wenigen Jahren in der oberösterreichischen Landeshauptstadt niedergelassen und galt seither als der größte Wohltäter der Gegend. Es gab keine karitative Veranstaltung, auf der er nicht auf einen Sprung vorbeischaute, um die Spendenkasse zu füllen. Zwar ging seit geraumer Zeit das Gerücht, dass er im Zuge der Wirtschaftskrise mit Aktienhandel einen siebenstelligen Eurobetrag in den Sand gesetzt hatte und seinen Zahlungen nicht mehr Folge leisten konnte, aber solange er sein Scherflein zum Wohlergehen der Gemeinde beitrug, wurde darüber bestenfalls hinter vorgehaltener Hand geredet.

Der Hausherr öffnete ihm persönlich die Tür und führte ihn in das Wohnzimmer. Wegeners Frau saß auf einer Couch und nickte ihm schläfrig zu.

»Mein Picasso ist weg«, klagte Alfons Wegener und wies mit einer Hand auf die kahle Stelle an den Wand. Der Inspektor starrte eine Weile auf die leere Fläche, ehe sein Blick auf die Verandatür fiel. Die Scheibe war zersplittert, die Tür stand einen Spalt breit offen. Seit einiger Zeit trieben Einbrecher in der Gegend ihr Unwesen. Insgesamt hatten sie in den letzten Wochen 15 Mal zugeschlagen. Immer nach derselben Methode: Rollläden aufbrechen, Scheibe einschlagen, Tür entriegeln, Wohnung ausräumen und spurlos verschwinden. Allerdings entging ihm nicht, dass der Einbruch heute nach einem anderen Muster abgelaufen war. Bisher hatte die Bande stets in der Dämmerung agiert und war immer in Häuser eingestiegen, deren Besitzer nicht zu Hause gewesen waren. Das war bei den Wegeners nicht der Fall.

»Fehlt sonst noch etwas?«, wandte er sich schließlich wieder an den Hausbesitzer.

Dieser schüttelte den Kopf.

»Dann waren das Profis, die es nur auf dieses Bild abgesehen hatten«, stellte der Inspektor fest. »Auf welchen Wert schätzen Sie das Gemälde?«

Herr Wegener zuckte mit den Achseln. »Die Versicherungssumme beläuft sich auf 700.000 Euro.«

Denk stieß einen leisen Pfiff aus. »Wenigstens sind Sie versichert, dadurch hält sich Ihr persönlicher Schaden einigermaßen in Grenzen.«

Alfons Wegener schaute ihn betroffen an. »Wie können Sie so etwas sagen? Der Picasso ist unbezahlbar. Unter Liebhabern ist er gut und gern das Dreifache wert. Aber ich würde ihn nie verkaufen. Nicht für alles Geld auf der Welt. Sie versprechen mir doch, dass Sie ihn mir zurückbringen?«

»Wir werden alles in unserer Macht Stehende unternehmen, um dieses Verbrechen aufzuklären«, versicherte er ihm. »Deshalb ist es wichtig, dass Sie mir genau erzählen, was vorgefallen ist. Wann haben Sie bemerkt, dass bei Ihnen eingebrochen worden ist?«

»Als der Alarm losging«, erwiderte Herr Wegener. »Das war genau um 1.12 Uhr.«

»Alfons wollte sofort nachschauen gehen, was los ist«, mischte sich zum ersten Mal Wegeners Frau ein. »Aber ich habe ihn zurückgehalten und gebeten, die Schlafzimmertür zu versperren, damit uns niemand etwas antun kann.«

»Hätte ich doch nicht auf dich gehört«, lamentierte ihr Mann, »dann …«

»Dann würden wir jetzt vielleicht nicht wegen Einbruchs, sondern wegen eines Gewaltverbrechens ermitteln«, ergänzte der Inspektor. »Sie haben ganz richtig gehandelt. In solchen Situationen ist Heldentum fehl am Platz. Und was ist weiter geschehen?«

Ehe Wegener eine Antwort gab, warf er seiner Frau einen missbilligenden Blick zu. »Ich fürchte, ich kann Ihnen nicht wirklich weiterhelfen. Ich musste ja bis zum Eintreffen der Polizei im Schlafzimmer bleiben.«

»Sie sollten Ihrer Frau dankbar sein«, nahm der Inspektor Frau Wegener in Schutz.

»Ein Bild kann man ersetzen, ein Menschenleben jedoch nicht. Augenblicklich habe ich keine weiteren Fragen. Rühren Sie bitte nichts an, damit Sie nicht versehentlich Spuren verwischen. Ich werde mich jetzt noch ein wenig draußen umsehen. Den Rest erledigen wir später.«

Über die Küche gelangte Denk auf die Terrasse. Vor der Verandatür lag ein Ziegelstein auf dem Boden. Höchstwahrscheinlich hatten die Einbrecher damit die Scheibe zertrümmert. Mit ein wenig Glück würden die Kriminaltechniker Fingerabdrücke darauf sichern können. Aber er zweifelte daran. Wenn es wirklich Profis gewesen waren, und davon ging er aus, hatten sie sicher Handschuhe getragen. Er ging einen Schritt auf die Verandatür zu. Als er Glasscherben unter seinen Schuhen knirschen hörte, wich er sofort zurück. Bevor der Tatort nicht vollständig untersucht war, wollte er nicht durch eine Unachtsamkeit wichtige Spuren verändern. Er machte einen Bogen um die Stelle vor der Glasfront, die mit Scherben übersät war, und drehte sich Richtung Park. Es erforderte nicht viel Fantasie, sich vorzustellen, wie die Einbrecher vorgegangen waren. Sie hatten vermutlich ihren Wagen auf der anderen Seite des Anwesens abgestellt, waren über die Mauer geklettert und hatten sich über den ausgedehnten Rasen an das Gebäude angeschlichen. Da das nächste Grundstück gut 200 Meter entfernt lag und die Wegeners fest geschlafen hatten, hatte niemand die Bewegungsmelder wahrgenommen.

Inspektor Denk stieß einen Seufzer aus. Sicherlich waren die Täter bereits über die nahe Grenze, um ihrem Auftraggeber das gestohlene Bild abzuliefern. Wieder ein Fall, den er nicht aufklären würde.

Missmutig warf er einen letzten Blick auf den Tatort und wandte sich zum Gehen. Nach ein paar Schritten blieb er nachdenklich stehen. Plötzlich hellte sich seine Miene auf. Wie hatte er das nur übersehen können?

Die beiden Polizisten vor dem Haus schauten ihn jedenfalls ungläubig an, als er ihnen mitteilte, was sie zu tun hatten.

»Ihr habt schon richtig gehört«, wiederholte er seinen Auftrag, »Verhaftet die beiden Wegeners und durchsucht anschließend das Haus! Ich bin mir sicher, dass wir irgendwo den entwendeten Picasso finden werden.«

Welche Entdeckung veranlasst Kriminalinspektor Denk zu der Annahme, dass Herr und Frau Wegener den Diebstahl nur vorgetäuscht haben?

Lösung: 7. Rätsel-Krimi

Wäre die Scheibe der Verandatür von außen eingeschlagen worden, müsste der Großteil der Glasscherben im Inneren des Raumes liegen. Da jedoch die Terrasse mit Scherben übersät ist, muss die Scheibe von innen eingeschlagen worden sein, was den Schluss nahe legt, dass der Einbruch nur vorgetäuscht worden ist.

SEX & CRIME

Fred Bol, der berühmte Krimiautor, war tot. Erschossen in seinem eigenen Arbeitszimmer.

»Mitten in die Stirn wie bei einer Hinrichtung«, konstatierte der Gerichtsmediziner. »Wenigstens hat er nicht leiden müssen.«

»Hast du schon eine Ahnung, wann das passiert ist?«

»Ich würde meinen, vor rund zwölf Stunden. Aber Genaueres kann ich dir erst nach der Obduktion mitteilen.«

»Also gegen 21 Uhr«, sagte Denk mehr zu sich selbst und wandte sich um. Er ließ den Blick über die Bücherregale schweifen, in denen sich ausschließlich Bols Werke befanden. Denk hatte fast alle gelesen. Die Kriminalromane setzten sich mit brisanten Themen auseinander und waren zudem spannend geschrieben. Allerdings hatten sie nur wenig mit der Realität zu tun. Zu viel Sex, zu viel Crime und zu wenig akribische Polizeiarbeit. Trotzdem schätzte er den Autor. Bol war einer der wenigen oberösterreichischen Schriftsteller, die es zu internationalem Ansehen gebracht hatten. Seine Romane waren in 20 Sprachen übersetzt worden und wurden rund um den Erdball gelesen. Sogar Hollywood war auf den Autor aus Linz aufmerksam geworden. Die Verfilmung seines Romans ›Wodka und Kalaschnikow‹ mit Brad Pitt und Jennifer Lopez in den Hauptrollen hatte für Furore gesorgt und war mit einem Oscar für das beste Drehbuch ausgezeichnet worden. Erst vor wenigen Wochen hatte Bol im Linzer Stifterhaus aus seinem neuesten Buch vorgetragen, und Denk hatte das Glück gehabt, eine der begehrten Platzkarten zu ergattern. Nie würde er vergessen, wie der Autor mit seiner wortgewaltigen Stimme ihn und die anderen Zuhörer in seinen Bann gezogen hatte. Sein Tod war ein enormer Verlust für die österreichische Kultur. Eine Stimme riss Denk aus seinen Gedanken.

»Kurt, das musst du dir anschauen!« Georg Klein, der Leiter der kriminaltechnischen Abteilung, stand neben dem Computer und deutete auf den Bildschirm. »Das dürfte der Roman sein, an dem Bol zuletzt gearbeitet hat.«

Denk trat näher und begann zu lesen: »›Das Schloss der Tür war unbeschädigt. Entweder hatte der Täter einen Schlüssel besessen oder Wagner hatte seinem Mörder selbst geöffnet …‹«

»Wie in diesem Fall!«, meinte Klein.

»So viel zu Fiktion und Wirklichkeit. Fragt sich nur, welche der beiden Möglichkeiten zutrifft.«

Klein wies auf einen Terminkalender. »Ein gewisser Leo hatte gestern um 19 Uhr einen Termin bei Bol. Der Eintrag ist rot unterstrichen.«

»Dann müssen wir nur herausfinden, wer dieser Leo ist.«

»Das müsste eigentlich Bols Manager wissen. Er hat den Toten heute Morgen gefunden und wartet im Wohnzimmer auf seine Vernehmung.«

»Herr Rapp, wann haben Sie Bol eigentlich zum letzten Mal gesehen?«

»Das ist sicher mehr als einen Monat her. Allerdings hat er mich gestern Abend angerufen und für heute um halb neun zu sich gebeten.«

»Wann erfolgte der Anruf?«

»Kurz nach 20 Uhr.«

»Dann waren Sie unter Umständen der Letzte, der mit ihm gesprochen hat.«

Rapp warf ihm einen bestürzten Blick zu.

»Können Sie mir sagen, wer Leo ist? Laut Terminkalender hatte Bol gestern um 19 Uhr ein Treffen mit ihm.«

»Leo Plank, Freds Verlagsbetreuer.«

»Haben Sie eine Ahnung, was er von Bol wollte?«

»Wir haben beschlossen, den Verlag zu wechseln. Ich denke, Plank wollte Fred überzeugen, dieses Ansinnen bleiben zu lassen. Steht bei ihm ja auch eine Menge auf dem Spiel. Wenn ihm das Zugpferd des Verlags abtrünnig wird, kann er selbst den Hut nehmen.«

»Warum waren Sie bei diesem Treffen nicht anwesend?«

»Weil ich nichts davon wusste. Plank war sicher klar, dass er bei mir auf Granit beißt.«

»Wissen Sie, ob jemand einen Zweitschlüssel für die Wohnung besitzt?«

Rapp schüttelte den Kopf. »Sicher nicht. In dieser Hinsicht war Fred etwas eigen. Er hat am Abend stets gearbeitet und wollte ungestört bleiben. Wenn man keinen Termin hatte, hat er nicht einmal die Tür geöffnet, um nachzuschauen, wer draußen steht.«

»Hatte Bol auch eine Freundin?«

»Eine? Ich würde sagen, alle zwei Wochen eine neue. Das war einer der Gründe, warum er nie einen Wohnungsschlüssel aus der Hand gegeben hat. Augenblicklich ist seine Favoritin Ines Stein. Eine Frau wie aus dem Bilderbuch: jung, blond und groß gewachsen. Dass sie auch rasend eifersüchtig ist, gefiel ihm allerdings weniger.«

»Herr Plank, Sie waren unter Umständen der Letzte, der Bol lebend gesehen hat? Warum haben Sie sich mit ihm getroffen?«

»Ich wollte ihn davon überzeugen, dass ein Verlagswechsel keinen Sinn hat, und habe ihn darauf hingewiesen, dass das auch rechtliche Konsequenzen haben wird, weil wir ihm bereits einen Vorschuss bezahlt haben.«

»Und wie hat er darauf reagiert?«

»Konsterniert. Er hat nicht gewusst, dass ihm der Verlag bereits 25.000 Euro für das nächste Buch überwiesen hat, weil er die geschäftlichen Angelegenheiten ausschließlich seinem Manager überlässt. Er hat jedenfalls versprochen, sich die Sache noch einmal durch den Kopf gehen zu lassen.«

»Wann war das Gespräch zu Ende?«

»Kurz vor 20 Uhr, und da hat er noch gelebt, falls Sie mit Ihrer Frage darauf hinauswollen.«

»Ist Ihnen irgendetwas aufgefallen, als Sie bei Bol waren?«

»Nachdem ich gegangen war, habe ich im Wagen noch meine Mails kontrolliert. Da habe ich eine junge Frau gesehen, die bei ihm angeläutet hat. Als er nicht öffnete, hat sie mit den Fäusten gegen die Tür getrommelt.«

»Und weiter?«

»Keine Ahnung! Ich bin dann nach Hause gefahren.«

»Können Sie die Frau beschreiben?«

»Nun, es war schon etwas dunkel, aber sie war blond, relativ groß und, wie ich finde, äußerst attraktiv.«

»Wann haben Sie Herrn Bol das letzte Mal gesehen?«, wollte Denk wissen, nachdem er Ines Stein die Gelegenheit gegeben hatte, sich ein wenig zu fassen.

»Das war vor drei Tagen«, erwiderte sie mit tränenerstickter Stimme.

Denk fasste sie scharf ins Auge. »Sind Sie nicht gestern gegen 20 Uhr bei ihm gewesen?«

»Das schon, aber ich habe ihn nicht gesehen, weil er mir nicht geöffnet hat.«

»Was haben Sie dann gemacht?«

»Ich bin wieder nach Hause gefahren, aber ich bin mir sicher, dass er zu diesem Zeitpunkt noch gelebt hat?«

»Wie kommen Sie darauf?«

»Weil er die Rollläden in seinem Arbeitsraum heruntergelassen hat. Das hat er immer gemacht, wenn er nicht gestört werden wollte.«

»Besitzen Sie eigentlich einen Schlüssel zu seiner Wohnung?«

Sie schüttelte den Kopf. »Fred wollte das nicht. ›Wenn ich arbeite‹, hat er gemeint, ›will ich nicht, dass mich jemand ablenkt.‹«

Denk bat die junge Frau, sich zu seiner Verfügung zu halten, und kehrte in sein Büro zurück. Sowohl Plank als auch Stein hatten ein Motiv für die Tat. Außerdem hatte sein Assistent inzwischen herausgefunden, dass beide im Besitz einer Pistole waren.

Sollte das Kaliber der Tatwaffe mit einer der Pistolen übereinstimmen, war der Täter überführt. Galt es nur noch, das Ergebnis der kriminaltechnischen Untersuchung abzuwarten. Aber war das überhaupt nötig? Denk wusste plötzlich auch so, wer den Mord verübt hatte.

Wen verdächtigt Denk?

Lösung: 8. Rätsel-Krimi

Denk verdächtigt Bols Manager, weil dieser ihn angelogen hat. Rapp muss einen Zweitschlüssel zur Wohnung des Schriftstellers besitzen. Anders wäre es ihm nicht möglich gewesen, den Toten zu entdecken.

›FREUDE AM SCHÖNEN‹

Denk stellte seinen Wagen in der Coulinstraße ab und betrat den Volksgarten. Vor ihm lag das neue Musiktheater. Rechts davon hinter der ›Freude am Schönen‹ erblickte er den Gerichtsmediziner. Die ›Freude am Schönen‹ war der in Untersberger Marmor gehauene Akt einer jungen Frau. Sie stellte das Linzer Gegenstück zur rheinischen Loreley dar. Was Denk jedoch hinter dem Brunnen zu sehen bekam, war alles andere als schön. Auf dem Boden lag ein Mann mit dem Gesicht nach unten. Sein Hinterkopf war nur noch eine blutige Masse.

»Der Täter war nicht gerade zimperlich«, konstatierte Sedlacek. »Er hat mindestens viermal zugeschlagen, und zwar damit.« Er wies auf den Polizeifotografen, der gerade eine Schachfigur aus Stein ablichtete, die zu dem Freiluftspiel am Rand des Parks gehörte. »Der Tod ist irgendwann zwischen 23 Uhr und Mitternacht eingetreten. Genaueres wie immer nach der Obduktion.«

»Weiß man schon, um wen es sich bei dem Toten handelt?«, wandte sich Denk an seinen Assistenten.

Dieser schüttelte den Kopf. »Die Geldtasche fehlt. Offensichtlich wurde der Mann ausgeraubt.«

»Nicht schon wieder«, stöhnte Denk. Das war der siebte Überfall in dieser Gegend innerhalb von drei Wochen. In wenigen Tagen wurde das neue Musiktheater eröffnet und sein Chef hatte ihm eindeutig klargemacht, was der Bürgermeister von der örtlichen Exekutive hinsichtlich der Sicherheit der Festgäste erwartete.

Die Stimme des Mediziners riss ihn aus seinen Gedanken. »Dann schauen wir einmal, mit wem wir es zu tun haben.« Er packte den Leichnam an der Schulter und drehte ihn mit einer schnellen Bewegung auf den Rücken. Der Tote starrte sie mit einem vorwurfsvollen Blick an. Denk konnte sich des Gefühls nicht erwehren, dass er den Mann schon einmal gesehen hatte, jedoch wusste er nicht, wo das gewesen war. Der Gerichtsmediziner kam ihm zu Hilfe. »Also, ich möchte jetzt nicht in deiner Haut stecken. Dass Albert Moll genau hier erschlagen worden ist, wird für einen gehörigen Wirbel sorgen.«

Denk riss erschrocken die Augen auf. Albert Moll! Der renommierte Architekt war der schärfste Kritiker des neuen Theaterbaus und seit Wochen nahezu täglich wegen seiner Protestaktionen in den Medien vertreten. Moll hatte nie verwunden, dass die Verantwortlichen die ursprüngliche Variante, das Theater im Berg, auf Druck einer eher kulturfeindlich gesinnten Partei wie eine heiße Kartoffel fallen gelassen und dieser Kompromisslösung zugestimmt hatten.

›Damit ist die Chance, ein architektonisches Ausrufezeichen zu setzen, wie es seinesgleichen in Europa, wenn nicht sogar auf der Welt sucht, endgültig vertan‹, war Moll nicht müde geworden, zu betonen. Noch mehr empörte ihn jedoch der Umstand, dass der neue Bau an einem ›bösen‹ Ort, wie er es nannte, errichtet wurde, nämlich genau an jener Stelle, die auch Adolf Hitler vor über 70 Jahren für ein Musiktheater in seiner Heimatstadt vorgesehen hatte. In Molls Augen eine kulturpolitische Schande, wenn nicht sogar ein Verbrechen an den Opfern dieses Terrorregimes.

Denk hatte nur wenig Ahnung von architekturästhetischen Prinzipien, aber dass das Bauwerk vor ihm auffällig den gigantischen Prunkbauten der NS-Zeit ähnelte, fiel sogar ihm auf.

Er beschloss, als Erstes Frau Moll vom Tod ihres Mannes in Kenntnis zu setzen.

»Albert ist tot. Das wundert mich überhaupt nicht«, nahm sie die Nachricht relativ gefasst auf. Als sie Denks verwunderten

Blick bemerkte, fügte sie hinzu: »Sie können sich nicht vorstellen, was ich in den letzten Jahren mitgemacht habe. Nicht nur dass ich meinen Mann kaum mehr zu Gesicht bekommen habe, er hat auch noch unser ganzes Vermögen für diese sinnlose Kampagne verschleudert.«

»Wann haben Sie Ihren Mann zuletzt gesehen?«

»Er ist gestern am frühen Abend außer Haus gegangen.«

»Wissen Sie auch wohin?«

»Keine Ahnung! Wir haben nur noch das Nötigste miteinander geredet. Wenn Sie Genaueres in Erfahrung bringen wollen, müssen Sie sich mit seinem Assistenten unterhalten. Horst Wahl war sein Mädchen für alles und kann Ihnen sicher Auskunft geben.«

»Wo waren Sie eigentlich gestern Nacht?«

»Sie nehmen doch nicht an, dass ich etwas mit seinem Tod zu tun habe«, empörte sie sich.

»Das ist nur eine Routinefrage«, beruhigte Denk sie.

»Wenn Sie es genau wissen wollen, ich habe mich gegen 22 Uhr schlafen gelegt. Ehrlich gestanden, habe ich gar nicht bemerkt, dass Albert nicht heimgekommen ist.«

Denk ließ sich die Adresse von Molls Büro geben und machte sich auf den Weg dorthin. Ein junger Mann Mitte 20 öffnete ihm die Tür.

»Das gibt es doch nicht!«, rief dieser entsetzt aus, nachdem ihm Denk mitgeteilt hatte, dass Moll tot war. »Ich habe ihn erst gestern gewarnt, dass er sich nicht mehr so spät im Volksgarten aufhalten soll, weil das viel zu gefährlich ist.«

»Und hat er auf Sie gehört?«

»Sie kennen Albert nicht. Wenn er sich etwas in den Kopf gesetzt hat, dann zieht er das durch, komme, was wolle.«

»Was hat er dort eigentlich gemacht?«

»Er hat jeden Abend eine Mahnwache vor dem neuen Musiktheater abgehalten und ist erst nach Hause gegangen, wenn der letzte Mitarbeiter das Gebäude verlassen hat. Beeinflussung durch Präsenz hat er das genannt.«

»Gestern Abend auch?«

Wahl zuckte mit den Achseln. »Albert hatte gestern um 22 Uhr einen Termin beim Stellvertreter des Intendanten. Was er danach gemacht hat, entzieht sich meiner Kenntnis. Wobei seine Anwesenheit vor dem Theater nicht mehr vonnöten gewesen wäre, weil unsere Forderungen endlich erfüllt wurden.«

»Es gibt sicher viele, die auf Moll nicht gut zu sprechen waren.«

»Sie glauben doch nicht …« Wahl schüttelte ungläubig den Kopf. »Natürlich war er den meisten lästig. Seine Beharrlichkeit war wirklich phänomenal, an ihm haben sich alle die Zähne ausgebissen. Und alle seine Widersacher hätten ihn am liebsten dorthin gewünscht, wo der Pfeffer wächst. Allerdings muss sogar ich zugeben, dass er gelegentlich über das Ziel hinausgeschossen und alle bis aufs Blut gereizt hat. Aber deswegen erschlägt man doch niemanden. Das ist ja gerade das Reizvolle an der Kunst, dieser Wettbewerb der Meinungen um das Wahre, Schöne und Gute. Ich bin mir sicher, dass Albert ein Opfer dieses Gesindels geworden ist, das seit geraumer Zeit im Volksgarten sein Unwesen treibt und einen in Angst und Schrecken versetzt, wenn man bei Dunkelheit den Park durchqueren muss. Eigentlich wäre es Ihre Aufgabe, wenn ich mich nicht irre, dem ein Ende zu setzen.«

Denk überhörte den Vorwurf und stellte die nächste Frage: »Gibt es jemanden, den er oder der ihn besonders aufs Korn genommen hat?«

»Abgesehen von ein paar Politikern waren das der Intendant und dessen Stellvertreter. Was Albert den beiden an den Kopf geworfen hat, grenzte gelegentlich an Ehrenbeleidigung.«

Denk konnte sich kaum vorstellen, dass einer der Verantwortlichen des neuen Musiktheaters etwas mit diesem Mord zu tun hatte. Höchstwahrscheinlich hatte Wahl recht, dass Moll Opfer eines Raubüberfalls geworden war. Trotzdem kam er nicht umhin, auch diese Personen einer Befragung zu unterziehen.

»Der Chef ist seit drei Tagen in Berlin. Sie müssen leider mit mir vorlieb nehmen«, entschuldigte sich der Stellvertreter des Intendanten. »Wie kann ich Ihnen behilflich sein?«

Denk nannte ihm den Grund seines Kommens.

»Moll tot? Das tut mir leid. Ehrlich gestanden, ist mir der alte Querulant inzwischen richtig ans Herz gewachsen.«

»Stimmt es, dass Moll gestern um 22 Uhr bei Ihnen war?

»Das ist richtig.«

»Und wie ist das Gespräch verlaufen?«

Der Mann schüttelte den Kopf und lachte. »Wie immer. Moll war absolut uneinsichtig, und das, obwohl ich am Nachmittag einen Kompromiss mit seinem Assistenten bezüglich der Eröffnungsfeier geschlossen habe.«

»Wann war das Treffen zu Ende?«

»Nach wenigen Minuten. Jedenfalls bevor einer von uns beiden handgreiflich werden konnte.«

»Hat Moll danach wieder draußen vor dem Gebäude Stellung bezogen?«

»Nach den Beleidigungen, die er mir an den Kopf geworfen hat, nehme ich das stark an. Als ich nach Hause gegangen bin, war er allerdings nicht mehr da.«

»Wann war das?«

Der Mann kniff die Augen zusammen. »Ich nehme Ihnen die Frage nicht übel. Immerhin zähle ich zu jenen, denen Moll besonders zugesetzt hat. Augenblicklich ist hier der Teufel los. In sechs Tagen wird eröffnet und es gibt noch jede Menge zu tun. Ich habe nicht auf die Uhr geschaut, aber vor Mitternacht habe ich das Haus sicher nicht verlassen.«

»Gibt es dafür Zeugen?«

»Nein, gibt es nicht! Für meine Mitarbeiter war um 22 Uhr Schluss, damit sie sich wieder einmal richtig ausschlafen können. Wenn Sie keine Fragen mehr haben, würde ich Sie ersuchen, dass wir unsere Unterhaltung ein andermal fortsetzen, wenn ich nicht mehr so viel um die Ohren habe.«

Denk bedankte sich für das Gespräch und verließ nachdenklich das Gebäude. Höchstwahrscheinlich war Moll wirklich zur falschen Zeit am falschen Ort gewesen.

Die Leute von der kriminaltechnischen Abteilung hatten inzwischen ihre Arbeit beendet. Der Leichnam war längst abtransportiert worden. Denk umrundete noch einmal die ›Freude am Schönen‹. Nur ein großer Blutfleck neben dem Brunnenrand erinnerte noch an die schreckliche Tat. Er hielt inne und starrte gedankenverloren darauf. Plötzlich wusste er, wer den Mord begangen hatte.

Wer hat Albert Moll getötet?

Lösung: 9. Rätsel-Krimi

Horst Wahl hat den Mord begangen. Er sagt aus, dass man deswegen doch niemanden erschlägt. Er weiß also, wie Moll ums Leben gekommen ist, obwohl das Denk mit keinem Wort erwähnt hat.

APRILWETTER

»Typisch April«, seufzte Denk.

Noch vor einer Woche war es so warm gewesen, dass er kurzärmlig zur Arbeit gehen konnte. Doch vor zwei Tagen hatte das Wetter umgeschlagen. Seitdem schüttete es in Strömen. Obwohl Denk Innendienst hasste, war er heilfroh, dass er nicht hinausmusste und einmal Gelegenheit fand, die Aktenberge auf seinem Schreibtisch abzuarbeiten. Die Freude währte allerdings nur kurz. Ein Toter war am Bindermichl gefunden worden. Denk schlüpfte in seinen Regenmantel und machte sich auf den Weg zum Tatort. Zehn Minuten später stellte er seinen Wagen vor einem der Hitlerbauten ab, die für diesen Stadtteil typisch waren. Infolge der Gründung der Hermann-Göring-Werke nach dem Anschluss Österreichs an das Deutsche Reich im Jahr 1938 waren in Linz bis 1945 fast 11.000 Wohnungen errichtet worden, die das Stadtbild bis heute nachhaltig prägten. Die markanten Gebäude gruppierten sich stets um einen begrünten Innenhof, in dem sich das Leben der ›Volksgemeinschaft‹ abspielen sollte. Ein idealer Ort, um seine Nachbarn zu überwachen und zu bespitzeln. Da die Häuser unter Denkmalschutz standen, wurden auch in den Jahren nach der nationalsozialistischen Herrschaft kaum bauliche Veränderungen vorgenommen. Trotzdem waren die Wohnungen nach wie vor sehr begehrt. Es kam gar nicht so selten vor, dass Personen ihr Leben lang in ihrem ›Hitlerbau‹ wohnten. Obwohl dieser Name alles andere als politisch korrekt war, gab es anscheinend keinen Linzer, der diese Bezeichnung nicht verwendete. Denk bildete da keine Ausnahme.

Die Männer der kriminaltechnischen Abteilung hatten

über einem Wagen eine Plane aufgespannt, um mögliche Spuren vor dem Regen zu schützen. Auf dem Boden lag ein Koloss von Mann. Sein Gesicht war tiefblau verfärbt.

»Schaut nach Herzinfarkt aus?«

Der Arzt schüttelte den Kopf. »Er war zwar ein Kandidat dafür, aber in diesem Fall würde ich sagen Intoxikation durch ein Kaliumcyanid.«

»Zyankali. Woraus schließen Sie das?«

»Da wäre einmal dieser typische Geruch nach Bittermandel. Außerdem deuten die hellroten Blutungen auf den Schleimhäuten auf eine Vergiftung hin.«

»Und die blaue Verfärbung im Gesicht?«

»Ist darauf zurückzuführen, dass der Mann erstickt ist. Kaliumcyanide führen zu einer Lähmung der inneren Atemorgane.«

»Und wie lange dauert das?«

»An und für sich ein schneller Tod, wenngleich nicht besonders schön. Ich denke, Ihre Männer haben auch schon herausgefunden, wie das Gift in seinen Körper gelangt ist.«

Denk wandte sich dem Wagen zu. Auf dem Beifahrersitz lag eine geöffnete Bonbonniere, eine der Nusspralinen fehlte.

»Das haben wir neben der Packung gefunden.« Der Beamte reichte Denk ein rosa Billett. Es verströmte einen intensiven Veilchenduft.

›Von einer verführerischen Verehrerin!‹ stand darauf geschrieben.

»Wer hat den Toten gefunden?«

»Seine Lebensgefährtin. Geborgen haben ihn allerdings zwei unserer Kollegen.«

»Dann berichtet einmal, was vorgefallen ist!«, forderte Denk die beiden auf, nachdem er zu ihnen in den Wagen gestiegen war.

»Wir waren auf der Rückfahrt zum Revier. Da haben wir

eine Frau gesehen, die wie verrückt an der Tür dieses Autos gerüttelt hat. Wir sind stehen geblieben und haben den Mann im Inneren des Fahrzeugs gesehen. Sein Gesicht war unnatürlich blau verfärbt. Offensichtlich hat er im Todeskampf mit der Fernbedienung versehentlich den Wagen verriegelt.«

»Wir haben die Frau ins Haus geschickt, um den Ersatzschlüssel zu holen. Leider kam jede Hilfe zu spät, der Mann war bereits tot.«

Denk bedankte sich bei den beiden Beamten und läutete an der Haustür. Eine junge Frau öffnete. Vom Alter her hätte sie die Tochter des Toten sein können. Sie weinte bitterlich.

»Ich hoffe, Sie sind in der Verfassung, mir ein paar Fragen zu beantworten«, erkundigte sich Denk mitfühlend. Die junge Frau nickte und führte ihn in die Küche.

»Ich habe Josef immer wieder gesagt, dass er sich mäßigen muss, weil er sonst einmal gesundheitliche Probleme bekommt«, begann sie unaufgefordert zu berichten. »Er ist doch an einem Herzinfarkt gestorben?«

»Allem Anschein nach nicht. Wir gehen davon aus, dass er vergiftet wurde.«

Die junge Frau schlug entsetzt die Hand vor den Mund. »Ich verstehe nicht. Womit ist er vergiftet worden?«

»Offensichtlich mit einer Nusspraline.«

»Das war seine Frau, diese Schlange. Sie hat erst vor einer Woche wüste Drohungen ausgestoßen, als er ihr mitgeteilt hat, dass er sich von ihr scheiden lässt.«

Denk notierte sich Namen und Adresse der Frau des Toten. »Wir müssen noch herausfinden, wie er zu dieser Bonbonniere gekommen ist. Hat er sie aus der Wohnung mitgenommen? Oder ist sie vor der Wohnungstür gelegen?«

Sie schüttelte den Kopf. »Das wäre mir aufgefallen. Ich habe ihn nämlich bis zur Haustür begleitet. Aber jetzt fällt mir ein, dass er nicht sofort eingestiegen ist, sondern sich über die Windschutzscheibe gebeugt hat, ehe er die Tür geöffnet hat. Dort muss die Bonbonniere hinterlegt worden sein.«

»Und er hat der Versuchung nicht widerstehen können, davon zu naschen«, ergänzte Denk.

Sie brach erneut in Tränen aus, worauf er beschloss, die Befragung zu beenden und der Frau des Toten einen Besuch abzustatten.

Als Petra Jank die Tür öffnete, stieg ihm sofort der intensive Veilchenduft ihres Parfums in die Nase.

»Josef tot? Das wundert mich nicht bei seinem ausschweifenden Lebensstil«, rief sie eher amüsiert aus, als er ihr den Grund seines Kommens nannte. Sie führte ihn ins Wohnzimmer. Denk blickte sich erstaunt um. Offensichtlich war Rosa Frau Janks Lieblingsfarbe. Auf dem Tisch stand eine Schüssel mit genau den Pralinen, die zum Tod ihres Mannes geführt hatten.

»Frau Jank, wo waren Sie heute Morgen vor 9 Uhr?« Denk fackelte nicht lange.

»Warum wollen Sie das wissen?«

»Weil Ihr Mann kurz vor neun vergiftet worden ist. Und zwar mit den gleichen Pralinen, die dort auf dem Tisch stehen.«

Ihre Augen verengten sich zu schmalen Schlitzen. »Und warum sollte ich das getan haben?«

»Weil er sich von Ihnen scheiden lassen wollte.«

Sie stieß ein gekünsteltes Lachen aus. »Das haben Sie von diesem einfältigen Blondinchen. Aber soll ich Ihnen etwas sagen? Er war ihrer schon wieder überdrüssig und wollte zu mir zurück. Ich habe jedoch abgelehnt und auf der Scheidung bestanden. Immerhin bringt mir das eine ganze Menge Geld ein. Ich hatte wahrlich keinen Grund, ihn zu töten.«

»Dann können Sie mir ja sagen, wo Sie heute Morgen waren.«

»Hier zu Hause. Zeugen gibt es dafür allerdings keine. Außerdem liegen sie völlig falsch, wenn Sie mich verdächtigen. Es gibt Dutzende andere, mit denen er mich im Laufe unserer Ehe betrogen hat und die nicht besonders gut auf ihn zu sprechen waren.«

Obwohl Frau Jank äußerst überzeugend wirkte, ersuchte er sie, ihm ins Präsidium zu folgen. Zu viele Indizien sprachen gegen sie. Es schüttete noch immer in Strömen, als er mit der Frau das Haus verließ. Er spannte den Regenschirm auf. Plötzlich fiel ihm ein, was er übersehen hatte.

Was hat Denk übersehen? Wer hat die Tat verübt?

Lösung: 10. Rätsel-Krimi

Wenn die Bonbonniere und das Billet außen auf dem Wagen gelegen wären, hätten sie vom Regen durchnässt sein müssen. Das waren sie jedoch nicht, deshalb müssen sie im Wagen deponiert worden sein. Da sich der Ersatzschlüssel für das Auto im Besitz von Janks Lebensgefährtin befand, kann nur sie als Täterin infrage kommen.

MUTTERTAGSÜBERRASCHUNG

»Ach, wie schade«, entgegnete seine Tante, als Denk ihr mitteilte, dass er nicht bleiben konnte. Sie hatte die ganze Familie zum Essen eingeladen.

Allein der Gedanke, an dieser Muttertagsfeier teilnehmen zu müssen, trieb ihm Schweißperlen auf die Stirn. Deshalb hatte er sich freiwillig zum Bereitschaftsdienst gemeldet. Er zuckte bedauernd mit den Achseln. »Der Dienst geht leider vor. Dafür habe ich dir auch etwas Leckeres zum Naschen mitgebracht.« Er reichte ihr ein kleines Schokoladenherz, das mit Pariser Creme gefüllt war.

»Wie lieb von dir!«, rief sie entzückt aus. »Das werde ich gleich im Schlafzimmer verstecken, damit es mir niemand wegisst.«

Er genoss gerade eine Tasse Kaffee, als gegen 15 Uhr das Telefon in seinem Büro läutete. Seine Tante war am Apparat.

»Kurt, du musst sofort kommen! Ich bin bestohlen worden«, flüsterte sie aufgeregt in den Hörer.

»Aber …«, wollte er erwidern. Zu mehr kam er nicht, weil sie schon wieder aufgelegt hatte.

Mürrisch erhob er sich und machte sich auf den Weg zu ihr.

»Gut, dass du so schnell gekommen bist«, nahm sie ihn in Empfang und zog ihn in den Abstellraum. »Tante, was soll das?«, protestierte er. Sie legte ihm einen Finger auf die Lippen. »Nicht so laut, sonst hören sie uns noch! Irgendjemand war in meinem Schlafzimmer und hat das Herz aufgegessen.«

Denk verdrehte die Augen. »Und deshalb holst du mich her?«

»Das ist noch nicht alles. Die Schatulle auf meinem Nachtkästchen … Es fehlt der Brillantring, den ich von Theodor, Gott hab ihn selig, bei unserer Hochzeit erhalten habe.«

»Bist du sicher?«, fragte Denk nach. Seine Tante war bekannt dafür, dass sie ständig Dinge verlegte.

»Hundertprozentig! Am Morgen war er noch da. Du musst herausfinden, wer mich bestohlen hat.«

Schweren Herzens folgte er ihr ins Wohnzimmer. Ihm war nicht wohl bei der Sache, immerhin ging es nicht um irgendeinen Missetäter, sondern um jemanden aus seiner Familie, der den Diebstahl begangen haben musste.

»Sag das noch einmal!«, empörte sich sein Schwager, nachdem ihnen Denk erklärt hatte, warum er hier war, und wuchtete seine 100 Kilo aus dem Sessel, um sich bedrohlich vor ihm aufzubauen. »Ihr verdächtigt einen von uns? Komm, Helene, wir gehen! Das müssen wir uns nicht bieten lassen.«

»Das wäre doch nicht das erste Mal, dass sie etwas verlegt hat«, mischte sich Julian, der Sohn seiner zweiten Schwester, ein. Denk wusste, dass Julian ständig in Geldnöten war und seine Großtante eigentlich nur besuchte, um sie anzupumpen. Ihm war durchaus zuzutrauen, dass er das Schmuckstück entwendet hatte. Im nächsten Pfandhaus würde er einiges dafür bekommen. Trotzdem versuchte er zunächst einmal, die erhitzten Gemüter zu beruhigen.

»Ich glaube ja auch nicht, dass jemand von euch den Kuchen und den Ring genommen hat. Aber soweit ich mich erinnern kann, stellen die Kinder jedes Mal die Wohnung auf den Kopf, wenn ihr zu Besuch seid. Ist doch möglich, dass der Ring dabei verloren gegangen ist. Ihr habt doch sicher Verstecken gespielt?«, wandte er sich an seine kleine Nichte.

Bea schaute ihn mit großen Augen an und nickte. »Hast du dich auch im Schlafzimmer der Tante versteckt?«

»Unter dem Bett. Da hat mich keiner gefunden«, erwiderte sie stolz.

»Und hast du vom Kuchen der Tante gekostet?«, erkundigte er sich, wobei er auf die braunen Flecken auf ihrer Bluse zeigte. Das kleine Mädchen errötete und schüttelte den Kopf. »Das ist Kakao. Ich habe mich damit bekleckert.«

»Hast du eigentlich auch mitgespielt, Tim?«, fragte er seinen Neffen. Dieser war viel zu dick für sein Alter, was daher rührte, dass er alles in den Mund stopfte, was ihm in die Finger kam.

Tim zuckte mit den Achseln. »Ist zwar Kinderkram, aber ich wollte Bea einen Gefallen tun.«

»Warst du ebenfalls im Schlafzimmer?«, bohrte Denk nach, wobei er den Jungen eindringlich fixierte. Tim wich verunsichert seinem Blick aus und schaute zu Boden.

»Merkst du nicht, dass du ihn ganz aus der Fassung bringst?«, protestierte sein Schwager. »Für meinen Sohn lege ich die Hand ins Feuer. Tim würde nie etwas Unerlaubtes tun. Außerdem mag er keine Pariser Creme. Eigentlich sehe ich nicht ein, dass du die Kinder wie Schwerverbrecher behandelst.«

»Aber ich unterhalte mich doch nur mit ihnen«, verteidigte sich Denk.

»Ist dir überhaupt klar, was du gerade machst?«, fiel ihm seine ältere Schwester ins Wort. »Du verdächtigst uns des Diebstahls, ohne dich davon überzeugt zu haben, ob überhaupt stimmt, was unsere Tante behauptet.«

»Sie verlegt doch ständig etwas«, gab sein Neffe ein weiteres Mal zu bedenken.

»Vor Kurzem war sie davon überzeugt, dass der Postbote ihre Geldtasche gestohlen hat. Ich war zufällig zu Besuch und habe die Börse dann im Gemüsefach des Kühlschranks gefunden. Sie hat sie gemeinsam mit den Karotten, die sie auf dem Markt gekauft hat, dort hineingelegt. Vielleicht wäre es gescheiter, zuerst einmal die Wohnung zu durchsuchen, ehe du einen von uns als Dieb bezeichnest.«

»Das ist eine gute Idee«, lenkte Denk rasch ein. Er hatte nur noch einen Wunsch: Er wollte die leidige Angelegenheit so schnell wie möglich hinter sich bringen und in sein Büro zurückkehren.

Alle Familienmitglieder machten sich auf die Suche. Nach einer Weile stieß sein Schwager einen Triumphschrei aus. Er hatte den vermissten Ring unter dem Schlafzimmerkasten entdeckt. Denk war erleichtert, weil er damit seine Mission als beendet ansah. Nicht auszudenken, was auf ihn zugekommen wäre, wenn das Schmuckstück nicht wieder aufgetaucht wäre.

Das Muttertagsherz hatte wohl eines der Kinder während des Spielens vernascht. Das sollte herausfinden, wer wollte. Er jedenfalls nicht.

Erst als er wieder in seinem Büro saß, dämmerte ihm, dass es vielleicht doch einen Dieb in der Familie gab. Oder nur eine diebische Naschkatze? Es existierte nämlich kein Beweis, dass der Ring tatsächlich gestohlen worden war, aber wer das Herz der Tante aufgegessen hatte, das hatte Denk längst herausgefunden.

Wer ist die diebische Naschkatze? Wodurch hat sie sich verraten?

Lösung: 11. Rätsel-Krimi

Denks Schwager hat den Kuchen verzehrt. Er behauptet, dass sein Sohn keine Pariser Creme mag. Womit das Herz gefüllt war, kann er jedoch nur wissen, wenn er es gekostet hat. Ob er auch den Ring entwendet und nur vorgetäuscht hat, dass er ihn unter dem Kasten gefunden hat, lässt sich nicht beweisen.

REVANCHEFOUL

Denk starrte erschüttert auf den Toten, der auf dem Boden des Umkleideraums inmitten einer Blutlache lag.

Tom Rot war der Star des FC Lentia und galt als eines der hoffnungsvollsten Talente des heimischen Fußballs. Von internationalen Scouts gejagt und von den Topklubs Europas heftig umworben. Mit seiner Hilfe hoffte der Linzer Traditionsverein, wieder an die Erfolge vergangener Zeiten anzuknüpfen. Und dann das.

»Erschlagen«, konstatierte der Arzt. »Vermutlich mit diesem Pokal.«

Ehrfurchtsvoll nahm Denk die Meisterschaftstrophäe der Saison 1989/90 entgegen. Damals war der FC Lentia zum letzten Mal Champion geworden. Dann war es unaufhaltsam bergab gegangen. Ein paar Jahre hatte sich der Verein noch in der obersten Liga gehalten, ehe man in die zweithöchste Spielklasse abgestiegen war. Dreimal hatte man den Wiederaufstieg knapp verpasst, woraufhin der langjährige Präsident entnervt das Handtuch geworfen hatte. Sein Nachfolger hatte den Verein durch überteuerte Spielereinkäufe endgültig in den Ruin getrieben. Die Hauptsponsoren hatten ihre Verträge auslaufen lassen und die Stadt Linz und das Land Oberösterreich die Förderungen auf ein Minimum gekürzt. Vor vier Jahren hatte der Verein Konkurs anmelden müssen und war in die Landesliga strafversetzt worden. Eigentlich unvorstellbar, dass der beste Fußballverein der drittgrößten Stadt Österreichs im sportlichen Niemandsland kickte. Und dann war Tom Rot in Erscheinung getreten. Er spielte seit seiner Kindheit beim FC Lentia. Vor einem Jahr war er als 17-Jähriger in die Kampfmannschaft aufgenommen worden und hatte seinen Verein im Alleingang zum Aufstieg geschossen.

»Offensichtlich hat er den ersten Hieb mit der linken Hand abgewehrt. Dabei ist die Uhr zu Bruch gegangen und exakt um 20.37 Uhr stehen geblieben.«

Als sich Denk umdrehte, bemerkte er das Grinsen seines Assistenten. Rabl war Anhänger des Lokalrivalen. »Schämen solltest du dich!«, schnauzte er seinen Mitarbeiter an. »Österreich verliert das größte Talent seit den Helden von Cordoba, und du freust dich. Wer hat eigentlich den Toten gefunden?«

Betreten zeigte Rabl auf einen Mann, der draußen auf dem Gang wartete.

»Das ist Herr Straßl, der Platzwart. Sein Notruf ist exakt um 7.09 Uhr bei der Einsatzzentrale eingelangt.« Denk winkte den Mann zu sich.

»Herr Straßl, Sie haben also den Toten entdeckt?«

Der Platzwart nickte.

»Was haben Sie so früh am Morgen hier gemacht?«

»Ich bin immer um diese Zeit hier. Das erste Training beginnt um 9 Uhr, bis dahin muss ich alles vorbereitet haben.«

Denk warf einen Blick auf die Uhr. Es war halb neun. »Heißt das, dass sonst noch niemand von dem Unglück weiß?«

Straßl nickte. »Ich habe nur die Polizei informiert.«

»Das war gut so. Wann endet eigentlich das Training?«

»Normalerweise um 19.30 Uhr.«

»Haben Sie eine Erklärung, warum sich der Tote dann noch um 20.37 Uhr in der Kabine aufgehalten hat?«

Trotz der traurigen Umstände konnte sich der Platzwart ein Lächeln nicht verkneifen. »Er hat vom Trainer wieder einmal ein paar Extraübungen aufgebrummt bekommen.«

Der Jungstar des FC Lentia galt als schwieriger Charakter. Seine Eskapaden waren stadtbekannt.

»Haben Sie die Umkleideräume abgeschlossen?«

»Ich hatte eine Verabredung, deshalb habe ich die Schlüssel stecken lassen und Tom gebeten, abzusperren.«

»Eine letzte Frage noch: Haben Sie eine Ahnung, wer das getan haben könnte?«

Straßl zögerte einen Moment. »Man soll ja über Tote nicht schlecht sprechen, aber Tom war äußerst arrogant und hat es am nötigen Respekt den anderen gegenüber mangeln lassen. Damit hat er sich nicht viele Freunde gemacht.«

»Und wer hatte die größten Probleme mit ihm?«

»Sicher der Trainer. Dann Zoran Tabas. Zoran war verärgert, weil Tom ihn aus dem Team gedrängt hat. Wirklich hässlich waren die Szenen, die es zwischen Tom und unserem Masseur gegeben hat. Tom hat Polz öffentlich vorgeworfen, dass dieser nichts von seinem Geschäft versteht, und dessen Ablöse verlangt.«

Als die Spieler und Betreuer vollzählig versammelt waren, begab sich Denk in den Klubraum. Ohne Umschweife informierte er die Anwesenden über den Tod ihres Kollegen. Das Entsetzen stand allen ins Gesicht geschrieben. Denk ersuchte die Männer, den Raum nicht zu verlassen, und bat Trainer Mell, ihm zu folgen.

»Herr Mell, Sie hatten doch gestern eine Auseinandersetzung mit Tom Rot? Ist das richtig?«

»Sie wollen mir doch nicht unterstellen, dass ich etwas mit dieser Tat zu tun habe«, empörte sich dieser. »Tom war ein sehr schwieriger Typ, was bei hoch talentierten Spielern eher die Regel als die Ausnahme ist. Meine Aufgabe als Trainer ist es, diesen Rohdiamanten jenes Maß an Disziplin beizubringen, das für den Erfolg jeder Mannschaft unumgänglich ist. Dabei kommt es gelegentlich zu Reibereien. Aber das muss ich aushalten, das gehört zu meinem Job.«

»Wann haben Sie gestern das Trainingsgelände verlassen?«

»Gemeinsam mit den Spielern kurz nach 20 Uhr.«

»Und Rot?«

»Der musste Strafrunden drehen, weil er wieder einmal gemeckert hat.«

»Wo waren Sie dann?«

»Ich hatte ein Treffen mit der Vereinsführung.«

Als Nächstes ließ Denk Zoran Tabas zu sich kommen.

»Herr Tabas, wie haben Sie sich mit Tom Rot verstanden?«

»Nicht besonders«, gab dieser unumwunden zu. »Seine Überheblichkeit ist mir einfach gegen den Strich gegangen. Aber da war ich beileibe nicht der Einzige.«

»Hat es Sie nicht gegrämt, dass er Ihren Platz im Sturm eingenommen hat?«

Tabas winkte ab. »So ist der Sport. Wir sind Konkurrenten. Wer spielt, entscheidet der Trainer. Aber ich arbeite hart und bin sicher, dass meine Zeit wieder kommen wird.«

»Wer aus der Mannschaft hatte sonst noch Probleme mit Rot?«

»Eigentlich jeder. Aber Sie sehen das falsch. Auf dem Platz sind wir ein Team und haben ein großes Ziel. Die Meisterschaft. Allen ist klar, dass wir ohne Tom dieses Ziel kaum erreichen werden. Deshalb würde ihm niemand etwas zuleide tun. Außerdem haben wir Spieler keinen Zugang zu den Klubräumen, in denen sich die Pokale befinden. Schlüssel haben nur die Funktionäre. Ich würde mich an Ihrer Stelle einmal mit unserem Masseur unterhalten. Erst gestern ist es wieder zu einem heftigen Streit zwischen den beiden gekommen.«

»Das werde ich auch tun. Sie ersuche ich, sich einstweilen zu unserer Verfügung zu halten.«

Der Masseur betrat sichtlich nervös das Besprechungszimmer.

Denk kam gleich zur Sache. »Worum ging es gestern bei Ihrem Streit mit Rot?«

»Dem Kerl weine ich keine Träne nach«, ließ Polz seinem Zorn freien Lauf. »Seit 20 Jahren bin ich beim FC Lentia, aber das ist mir noch nie passiert. Weigert sich der Kerl doch glatt, sich von mir massieren zu lassen. O-Ton: ›Ich will jemanden, der etwas von seiner Sache versteht.‹ Das ist Rufschädigung. Am liebsten hätte ich ihm …«

»Den Schädel eingeschlagen«, ergänzte Denk.

Polz schüttelte entsetzt den Kopf. »Das sagt man doch nur so. Ich könnte keiner Fliege etwas antun.«

Denk war sich da nicht so sicher. Er würde den Masseur aufs Präsidium bringen lassen und ihn dort noch einmal in die Mangel nehmen.

Bevor er die Befragung fortsetzte, warf er einen wehmütigen Blick auf den Vitrinenschrank mit den Trophäen längst vergangener Zeiten. Plötzlich wusste er, was er übersehen hatte.

Wen verdächtigt Denk? Wodurch hat sich die Person verraten?

Lösung: 12. Rätsel-Krimi

Denk verdächtigt Zoran Tabas. Dieser sagt aus, dass nur Funktionäre Zugang zu dem Raum mit den Pokalen haben. Eigentlich kann nur der Täter wissen, womit Rot erschlagen worden ist.

GSPUSI MORTALE

Denk konnte es nicht fassen. Pedro, der Clown, war tot. Pedro war einer der Stars des Wanderzirkus Belli, der jedes Jahr Ende Mai seine Zelte auf dem Urfahraner Jahrmarktgelände aufschlug. Denk liebte den Zirkus über alles. Schon als kleiner Junge hatte er sich nach der Schule zwischen den Wohnwagen und Raubtierkäfigen herumgetrieben, wenn irgendein Zirkus in Linz haltmachte. Nachts hatte er davon geträumt, später einmal als Löwenbändiger oder Seiltänzer sein Geld in der Manege zu verdienen. Jetzt war er zwar Polizist mit Leib und Seele, aber sobald er Zirkusluft schnupperte, spürte er tief in seinem Innersten eine Begierde, die ihn nicht mehr zur Ruhe kommen ließ.

Erst vor zwei Tagen hatte er die Abendvorstellung besucht und über Pedros tollpatschige Späße Tränen gelacht, und jetzt lag der Harlekin erstochen in seinem Wohnwagen.

»Saubere Arbeit«, konstatierte der Arzt. »Ein Stich genau ins Herz. Dürfte kaum länger als eine halbe Stunde her sein. Übrigens mit einem zweischneidigen Messer, wenn dir das eine Hilfe ist.«

Denk bedankte sich und wandte sich an den Mann, der den Toten gefunden hatte.

»Was hatten Sie bei Pedros Wohnwagen zu suchen?«

»Der Direktor hat mich zu ihm geschickt, weil sein Auftritt unmittelbar bevorstand und er noch nicht erschienen war. Als er auf mein Klopfen nicht reagiert hat, bin ich hineingegangen, und da habe ich ihn gefunden.«

»Was haben Sie dann gemacht?«

»Eigentlich wollte ich den Chef informieren, aber dann habe ich einen Polizeibeamten neben dem Eingang gesehen und ihn von diesem Vorfall in Kenntnis gesetzt. Er hat mir aufgetragen, hier zu warten, bis seine Kollegen eintreffen.«

»Das heißt, dass bis jetzt niemand weiß, was hier passiert ist?«

Der Streifenbeamte nickte. Vom Zirkuszelt drang laute Musik zu ihnen. Denk kannte die Melodie, sie leitete das große Finale ein. In wenigen Minuten war die Vorstellung zu Ende und die Besucher würden in Massen aus dem Zelt strömen. Denk überlegte, ob seine Männer die Personalien der Zuschauer festhalten sollten, entschied sich jedoch dagegen. Das würde viel zu viel Aufsehen erregen.

»Haben Sie einen Verdacht, wer das getan haben könnte?«

Der Mann schaute betreten zu Boden und zuckte mit den Achseln.

»Heraus mit der Sprache! Hier geht es immerhin um Mord.«

»In letzter Zeit hat er sich häufig mit seinem Partner gestritten. Ali hat sich von Pedro benachteiligt gefühlt. Und vor drei Tagen hat es eine lautstarke Auseinandersetzung mit unserem Chef gegeben.«

»Worum ist es dabei gegangen?«

»Um Geld. Wir haben seit drei Monaten keinen müden Cent mehr gesehen, und Pedro hat dem Direktor gedroht, ihn zu verklagen, wenn er nicht augenblicklich zahlt.«

Mit einem Tusch ging die Vorstellung zu Ende. Denk stellte sich vor den Bühnenausgang, um die Artisten am Verlassen des Zelts zu hindern.

»Darf man erfahren, was das zu bedeuten hat?«, empörte sich ein Mann im schwarzen Frack.

Denk betrat die Manege. »Pedro ist tot in seinem Wohnwagen aufgefunden worden.«

Kaum hatte er die Worte ausgesprochen, brach ein Tumult aus. Alle schrien durcheinander.

Der Inspektor hob die Arme, um die Artisten zum Schweigen zu bringen. »Es tut mir leid, aber ich kann Sie erst nach der Befragung gehen lassen. Ich würde Herrn Ali bitten, mir in den Wohnwagen des Direktors zu folgen.«

»Ich habe gehört, dass es in letzter Zeit öfter Streit zwischen Ihnen und Pedro gegeben hat? Worum ist es dabei gegangen?«

»Ich wollte auch einmal die Hauptrolle in einem Sketch spielen, aber Pedro hat mir zu verstehen gegeben, dass ich dafür nicht gut genug bin. Deshalb habe ich ihm angekündigt, dass ich nicht mehr mit ihm zusammenarbeite und in der neuen Saison allein auftrete.«

»Wo waren Sie eigentlich während der Vorstellung?«

»In oder hinter der Manege. Wir sind ein kleiner Zirkus. Bei uns hilft während der Vorstellung jeder mit, damit alles klappt. Außerdem hatte ich keinen Grund, Pedro etwas anzutun. In zwei Wochen ist die Saison zu Ende. Dann läuft mein Vertrag aus und ich hätte mir eine neue Anstellung gesucht.«

Denk entließ den Clown und bat ihn, den Direktor zur Befragung zu schicken.

»Was für eine Unglück!«, jammerte dieser. »Pedro war größte Attraktion in Manege. Was ich soll machen ohne ihn?«

»Sie hatten vor drei Tagen eine heftige Auseinandersetzung mit ihm. Worum ging es dabei?«

Der Direktor machte eine wegwerfende Handbewegung. »Pedro wollten mehr Geld. Aber ich haben ihm gesagt, dass er genau das bekommt, was wir vertraglich vereinbart haben. E basta!«

»Sie waren ihm also nichts schuldig?«

»Eine kleine finanzielle Engpass«, wand sich der Direktor. »Ich ihm haben versprochen, dass er heute bekommen seine Gage.«

»Hat Sie nicht gewundert, dass Pedro nicht erschienen ist, um bei der Vorstellung mitzuhelfen?«

Der Direktor zuckte mit den Schultern. »Er mir gedroht, nur noch seine Nummer aufführen, sonst aber keinen Finger mehr rühren für den Zirkus, solange er sein Geld nicht bekommt. Ich haben gedacht, er macht Drohung wahr und ihn in Ruhe gelassen.«

»Waren Sie während der gesamten Vorstellung im Zelt?«

»Natürlich! Haben alle Hände voll zu tun, dass alles funktionieren. Sie doch nicht glauben, dass ich meinem Star auch nur ein Härchen krümme. Da gibt es ganz andere Kaliber, vor denen er sich in Acht nehmen musste.«

»Beispielsweise?«

»Pedro hat Djangos Lebensgefährtin ständig schöne Augen gemacht. Ich haben ihn gewarnt, die Finger von diesem Gspusi mortale zu lassen, denn Django sein der Welt beste Messerwerfer und rasend eifersüchtig. Keine Wunder, wenn er plötzlich eine Messer zwischen die Rippen hat. E finito!«

»Dann schicken Sie mir einmal diesen Django, damit ich mir anhören kann, was er dazu zu sagen hat!«

Wenig später betraten der Messerwerfer und seine Assistentin den Wohnwagen.

»Haben Sie eine Ahnung, wer einen Grund gehabt haben könnte, den Clown zu töten?«

Django zuckte mit den Schultern. »Ich kümmere mich nicht um die Angelegenheiten anderer.«

»Haben Sie eigentlich während der Vorstellung das Zirkuszelt verlassen?«

Der Mann schüttelte den Kopf.

»Das ist doch nicht wahr«, ereiferte sich die junge Frau. »Ich habe gesehen, wie du nach unserem Auftritt nach draußen gegangen bist. Du Schwein hast Pedro ermordet.« Sie wollte sich auf ihn stürzen, aber Denk hielt sie zurück.

»Stimmt das?«

Django funkelte seine Freundin böse an. »Ich war nur austreten, das ist doch nicht verboten.«

»Das nicht, aber äußerst ungünstig, wenn zur gleichen Zeit jemand getötet wird. Wo befinden sich eigentlich Ihre Messer?«

»Hinter der Manege.«

»Dann lassen Sie einmal sehen!«

Denk folgte dem Mann in eine kleine Nische hinter dem Hauptzelt. Django holte eine schwarze Box aus einem Spind und öffnete sie. Darin befanden sich ordentlich aneinandergereiht neun zweischneidige Wurfmesser. Eines fehlte.

»Ich verhafte Sie wegen dringenden Mordverdachtes«, sagte Denk und ließ den Mann abführen. Eigentlich sprach alles gegen Django. Trotzdem war sich Denk nicht sicher, ob dieser wirklich die Tat begangen hatte.

Wer ist der Täter? Wodurch hat er sich verraten?

Lösung: 13. Rätsel-Krimi

Eigentlich kommt nur der Direktor als Täter in Frage, weil er als Einziger weiß, wie der Clown getötet worden ist.

BIS DASS DER TOD SIE SCHEIDET

Inspektor Denk parkte den Wagen vor der herrschaftlichen Villa der Familie Lackner. Die Immobilie befand sich neben einem Landhaus in der Toskana und einem Appartement in St. Moritz im Besitz von Marlene Lackner, geborene Fürst, einer tüchtigen Geschäftsfrau, die sich ihr Vermögen durch Managementberatung erworben hatte. Ihr Mann war 20 Jahre jünger und mehr auf dem Golfplatz und in den Klatschspalten der Regenbogenpresse zu finden als in der Firma seiner Frau. Seit einigen Monaten kursierten Gerüchte, dass Marlene Lackner der Eskapaden ihres Ehegatten überdrüssig war und die beiden kurz vor der Trennung standen. Aber auf diese Gerüchte gab Denk nicht viel. Fakt war, dass die beiden in den frühen Morgenstunden Opfer eines Raubüberfalls geworden waren, bei der die Frau zu Tode gekommen war.

Ein Kriminaltechniker machte sich an der Haustür zu schaffen.

»Aufgebrochen«, informierte er Denk. »Vermutlich mit einem Brecheisen. Eigenartigerweise war die Alarmanlage ausgeschaltet.«

Walter Lackner saß auf einer Ledercouch im Salon. Sein Kopf war einbandagiert. Auf dem Hemd und der beigen Leinenhose zeugten Blutflecken von der schweren Verletzung, die er bei dem Überfall davongetragen hatte. Denk gab dem Arzt, der dem Mann gerade eine Spritze verabreichte, ein Zeichen, zu ihm zu kommen.

»Und?«, raunte er ihm zu. »Ist der Mann vernehmungsfähig?«

»Gib ihm noch ein wenig Zeit!«, riet ihm der Mediziner. »Ich habe ihm gerade ein Beruhigungsmittel injiziert. Er wurde mit einer Vase niedergeschlagen und scheint eine schwere Gehirnerschütterung davongetragen zu haben. Allerdings weigert er sich, im Krankenhaus weiterbehandelt zu werden.«

Erst jetzt fielen Denk die Scherben auf, die im hinteren Teil des Raumes auf dem Boden verstreut lagen. »Gut! Dann schau ich mir erst einmal den Tatort oben an. Vielleicht kannst du mich begleiten und mir sagen, was passiert ist.«

Obwohl er einiges gewöhnt war, erschrak er, als er das Schlafzimmer betrat.

Marlene Lackner lag mit weit aufgerissenen Augen im Ehebett. An ihrem Hinterkopf klaffte eine offene Wunde. Das Kopfpolster war mit Blut getränkt. Der Täter hatte so fest zugeschlagen, dass sogar die Wand hinter dem Bett mit Blutspritzern übersät war.

»Kein schöner Anblick«, meinte der Arzt. »Sie hat mindestens drei bis vier Schläge mit diesem gusseisernen Kerzenständer verabreicht bekommen. Ich denke, nach dem zweiten Schlag war sie tot.«

Denk nickte ihm zu und ließ den Blick durch den Raum gleiten. Die Türen der Schränke und Kommoden waren aufgerissen und der Inhalt lag auf dem Boden verstreut.

»Habt ihr etwas Brauchbares gefunden?«, erkundigte er sich bei einem der Kriminaltechniker, der neben dem Bett kniete und Spuren sicherte.

Dieser schüttelte resigniert den Kopf. »Nichts! Auch keine Fingerabdrücke. Der Täter muss Handschuhe getragen haben.«

»Mist«, knurrte Denk. Er wusste, dass sie bei Fällen wie diesem im Rampenlicht der Öffentlichkeit standen und es nicht lange dauerte, bis man sie der Unfähigkeit bezichtigte, wenn ihre Ermittlungen kein Ergebnis zutage brachten.

Seine einzige Hoffnung war, dass der Ehemann des Opfers etwas Zweckdienliches beobachtet hatte. Er kehrte in den Salon zurück und nahm gegenüber von Herrn Lackner Platz.

»Fühlen Sie sich in der Lage ein paar Fragen zu beantworten?«

»Es muss gehen«, flüsterte dieser mit gebrochener Stimme.

»Vielleicht sollten wir doch noch warten, bis es Ihnen wieder besser geht.«

»Nein, fangen Sie an! Ich habe nur einen Wunsch. Ich möchte, dass Sie das Schwein schnappen, das meine Frau getötet hat.«

»Gut, dann berichten Sie mir einmal, was heute Früh passiert ist.«

»Also, ich bin gegen halb drei durch ein Geräusch geweckt worden. Erst habe ich gedacht, dass ich mich getäuscht habe. Aber dann habe ich es wieder gehört. Es ist von unten gekommen. Ich bin aufgestanden und habe vorsichtig die Schlafzimmertür geöffnet.«

»Und Ihre Frau?«, unterbrach ihn Denk. »Hat sie nichts davon mitbekommen?«

Er schüttelte den Kopf, worauf er das Gesicht vor Schmerzen verzerrte. »Nein, sie nimmt Schlaftabletten. Neben ihr könnte eine Bombe explodieren und sie würde es nicht merken.«

»Was ist dann geschehen?«

»Ich habe mich mit einem Golfschläger bewaffnet und bin hinuntergeschlichen. Vor dem Eingang zur Küche höre ich plötzlich wieder ein Geräusch. Ich will mich umdrehen, da erhalte ich einen Schlag auf den Kopf. Mir wird schwarz vor Augen und ich gehe zu Boden. Erst drei Stunden später komme ich wieder zu mir. Im ersten Moment weiß ich gar nicht, was passiert ist. Mein Schädel brummt, überall ist Blut. Nur bruchstückhaft kommt die Erinnerung zurück. Marlene! Ich torkle nach oben, sehe sie im Bett liegen … und ich … Wir haben uns doch erst wieder vor einigen Tagen versöhnt und dann das …« Sein Körper begann zu beben. Er schlug die Hände vors Gesicht und brach in Tränen aus.

»Herr Lackner, eine Frage noch, dann lasse ich Sie in Ruhe. Warum war eigentlich die Alarmanlage ausgeschaltet?«

»Wir hatten in letzter Zeit öfter einen Fehlalarm, deshalb haben wir sie nicht mehr aktiviert, bis sie repariert wird. Wir haben uns hier vollkommen sicher gefühlt. Wer kann denn ahnen, dass so etwas Schreckliches passiert?«

Denk erhob sich und klopfte dem Hausherrn auf die Schulter. »Den Rest können wir auch klären, wenn es Ihnen wieder besser geht.«

Als dieser erneut in Tränen ausbrach, wandte er sich erschüttert ab. Die Trauer des Mannes schien echt. So viel zu den bösen Gerüchten, die verbreitet wurden, nur weil einige dem Paar seinen Wohlstand neideten.

Ob sie den Täter jemals fassen würden, stand allerdings in den Sternen geschrieben. Der Eindringling hatte keine einzige brauchbare Spur hinterlassen, und auch Herr Lackner konnte nichts zur Klärung des Falls beitragen. Noch einmal drehte sich Denk um und warf einen Blick auf ihn. Plötzlich wusste er, dass dieser selbst seine Frau getötet hatte.

Wodurch hat sich der Ehemann verraten?

Lösung: 14. Rätsel-Krimi!

Walter Lackner behauptet, von einem Geräusch geweckt worden zu sein. Allerdings trägt er ein Hemd und eine Hose. Beide Kleidungsstücke sind voller Blutflecken. Es ist äußerst unwahrscheinlich, dass er sich umgezogen hat, bevor er nach unten geschlichen ist. Offensichtlich hat er den Überfall erfunden, um vom Mord an seiner Frau abzulenken.

SILENT KILLER

Adam Böse, einst Stern des Linzer Theaterhimmels, zuletzt Leiter eines drittklassigen Etablissements, war tot. Hingerafft durch ein Herzversagen während einer Aufführung auf den Brettern, die ihm die Welt bedeutet hatten.

Eigentlich ein schöner Tod, dachte sich Denk, als er davon beim Frühstück in der Zeitung las. Nicht zu Tode gepflegt in irgendeiner städtischen Einrichtung des Dahinsiechens, sondern mitten aus dem Leben gerissen.

Als zwei Stunden später Böses Witwe sein Büro betrat, staunte er nicht schlecht. Die Dame kam gleich zur Sache.

»Mein Mann ist sicher keines natürlichen Todes gestorben.«

»Wie kommen Sie darauf?«, wollte Denk wissen. »Laut Zeitung hat der Arzt ein …«

»Papperlapapp!«, fiel sie ihm ins Wort. »Adam stand wegen seiner Hypertonie seit Jahren unter ärztlicher Beobachtung und hat regelmäßig blutdrucksenkende Medikamente eingenommen. In einem Fall wie diesem kommt Herzversagen ungefähr so oft vor, wie Ostern und Weihnachten auf einen Tag fallen.«

»Aber vielleicht war ihm die Schauspielerei einfach zu anstrengend und er …«, versuchte er einen Einwand, aber Tina Böse schnitt ihm erneut das Wort ab.

»Deshalb hat er während jeder Vorstellung einen Betablocker genommen, um einem plötzlichen Anstieg des Blutdrucks entgegenzuwirken.«

»Während der Vorstellung?«, fragte Denk erstaunt nach.

»Genau. Im zweiten Akt gibt es eine Szene, in der ihm seine Mätresse ein Glas Wein und eine Schmerztablette bringt. In Wirklichkeit war diese Pille sein Medikament. Aber das hat niemand gewusst. Den anderen hat er weisgemacht, es handle sich um ein Präparat gegen Sodbrennen, das er aus Aberglauben einnimmt, weil er einmal wegen dieses Symptoms eine Vorstellung fast nicht zu Ende spielen konnte.«

»Warum hat er niemandem gesagt, dass er krank ist?«

»Sie haben Adam nicht gekannt. Er hätte sich niemals eine Blöße gegeben. Krank zu sein, war in seinen Augen eine Schwäche. Er aber sah sich als Fels in der Brandung, stark und unerschütterlich, wenn er auf der Bühne stand. Nochmals, er ist sicher nicht eines natürlichen Todes gestorben.«

Tina Böses Auftritt war so beeindruckend, dass Denk eine Obduktion des Leichnams veranlasste. Das Ergebnis gab ihren schlimmsten Befürchtungen recht. Böse hatte anstelle des blutdrucksenkenden ein blutdrucksteigerndes Medikament zu sich genommen. Die dadurch ausgelöste Fehlregulation des Blutdrucks hatte zu einem hyperintensiven Notfall geführt, der das Herz kollabieren ließ.

Er war also ermordet worden. Fragte sich nur, wer ihm die falsche Tablette untergejubelt hatte. Um das zu klären, lud Denk Böses Schauspielkollegen am nächsten Tag zu sich ins Büro.

Als Erstes vernahm er Nina Bach, die Böse während der Aufführung die Pille serviert hatte.

»Fräulein Bach, Sie haben Adam Böse kurz vor seiner Herzattacke die Tablette gebracht? Woher hatten Sie eigentlich das Medikament?«

»Adam hat es stets vor der Vorstellung auf das Tablett gelegt. Es war ein Mittel gegen Sodbrennen.«

»Hat die Tablette an diesem Abend anders ausgesehen als an den Tagen zuvor?«

»Warum fragen Sie?«, wollte die Schauspielerin wissen. »Adam ist doch an einem Herzinfarkt gestorben.«

»Unter Umständen könnte sein Tod etwas mit dem Medikament zu tun haben«, deutete Denk an.

Nina Bach stieß einen erschrockenen Schrei aus. »Ist er vergiftet worden? Mir war gleich klar, dass etwas nicht stimmen kann.« Ihr Gesicht nahm einen bösartigen Ausdruck an. »Das war sicher Mary. Sie hat es einfach nicht verkraftet, dass Adam mir die Hauptrolle angeboten hat, und hat ihm dafür jeden Tag aufs Neue eine Szene gemacht.«

Denk ließ Mary Rost zu sich bringen.

»Fräulein Rost, stimmt es, dass es häufig zu Streitereien zwischen Adam Böse und Ihnen gekommen ist?«

»Das haben Sie sicher von der Bach, dieser Schlampe. Glauben Sie mir, wenn ich gewusst hätte, dass Adam unter zu hohem Blutdruck litt und sich nicht aufregen sollte, hätte ich mich zurückgehalten. Aber er selbst hat mich aufgefordert, den Frust von der Seele zu schreien. Lass alles raus, was in dir steckt, hat er ständig gepredigt, nur so kannst du zeigen, dass du eine gute Schauspielerin bist! Aber warum fragen Sie überhaupt?«

»Unter Umständen war etwas mit der Tablette nicht …«

»Ist Adam etwa vergiftet worden? Das muss Nina Bach getan haben, weil sie verhindern wollte, dass mir Adam im nächsten Stück wieder die Hauptrolle gibt. Das hat er vor drei Tagen öffentlich kundgetan, nachdem sie die Vorstellung fast geschmissen hätte. Oder es war Karl. Er hat Adam nie verziehen, dass dieser ihn bei den Proben bloßgestellt hat.«

»Jugendlicher Liebhaber!«, lachte Karl Weil gekünstelt. »In diesem Alter. Einfach lächerlich! Man sieht ja, was herauskommt, wenn man sich überschätzt.«

Denk warf Weil einen bösen Blick zu. Er war nur unwesentlich jünger als der Tote.

Weil merkte, dass er einen Fauxpas begangen hatte, denn er

beeilte sich zu beschwichtigen. »Das sollte keine Beleidigung sein. Aber Böse mimte den jugendlichen Liebhaber, während ich mit meinen 20 Jahren den Vater der Braut zu verkörpern hatte. Das passt doch nicht zusammen.«

»Wussten Sie, warum sich Böse diese Pille während der Vorstellung bringen ließ?«

»Angeblich hat es sich um ein Medikament gegen Sodbrennen gehandelt. Aberglaube und so. Dass ich nicht lache. Soll ich Ihnen sagen, was das in Wirklichkeit war?«

Denk beugte sich gespannt vor. Wenn Weil den wahren Zweck der Pillen kannte, war er dringend der Tat verdächtig.

»Viagra«, raunte ihm der junge Schauspieler augenzwinkernd zu. »Wie hätte er sonst den Andrang an Nachwuchsschauspielerinnen bewältigen sollen, die sich durch ein kleines Schäferstündchen mit ihm ein Engagement am Theater erhofften.«

Enttäuscht entließ Denk den Mimen. Die Befragung hatte ihn keinen Schritt weitergebracht. Ein leichtes Brennen in der Herzgegend ließ ihn zusammenzucken.

Vielleicht sollte er doch einmal den Arzt aufsuchen. Plötzlich fiel ihm wie Schuppen von den Augen, wer Böse auf dem Gewissen hatte.

Wen verdächtigt Denk? Wodurch hat sich die Person verraten?

Lösung: 15. Rätsel-Krimi

Denk verdächtigt Mary Rost, weil sie von Böses Bluthochdruck gewusst hat. Die Kenntnis dieses Leidens ist Voraussetzung für die Durchführung der Tat.

REVISION

Als Denk um 6 Uhr aufwachte, schüttete es in Strömen. Übelgelaunt stand er auf. Er hatte seine Kollegen am Nachmittag in seinen Garten eingeladen, um mit ihnen sein 30-jähriges Dienstjubiläum zu feiern. Wenn sich das Wetter nicht besserte, musste er das Fest in ein Gasthaus verlegen. Das würde ihn ein Vermögen kosten.

Eine Stunde später, nach dem Duschen, hellte sich seine Laune schlagartig auf. Überraschenderweise hatte es zu regnen aufgehört. Die Sonne lachte bereits wieder aus einem strahlend blauen Himmel herab. Jetzt wünschte er sich nur noch einen stressfreien Vormittag, um die Feier in Ruhe vorbereiten zu können. Doch der Anruf seines Assistenten machte diesen Wunsch zunichte.

»Wir haben einen Toten in der Ignaz-Mayer-Straße 18.«

»Ignaz-Mayer-Straße?«, wiederholte Denk erstaunt. »Wo ist denn das?« Er war in Linz aufgewachsen und glaubte, die Stadt wie seine Westentasche zu kennen, aber dieser Straßenname war ihm gänzlich unbekannt.

»Im Industriegelände. Gleich hinter dem Hafen«, erwiderte sein Assistent. »Wenn du willst, hole ich dich ab. Wird aber noch ein wenig dauern, ich muss mich erst von Ottensheim nach Linz stauen.«

»Dann treffen wir uns lieber am Tatort. Weißt du schon, um wen es sich bei dem Toten handelt?«

»Um einen gewissen Hans Sax, Geschäftsführer einer Import-Export-Firma namens Impex.«

Denk zog sich eine Jacke an und begab sich zu der Bushaltestelle, die nur einen Steinwurf von seiner Wohnung entfernt lag. Eine Viertelstunde später stieg er in der Johann-

Metz-Straße aus. Von dort waren es bis zur Ignaz-Mayer-Straße nur ein paar Schritte. Er war schon länger nicht mehr im Industriegelände gewesen. Am unansehnlichen Charakter dieses Stadtteils hatte sich allerdings seit dem letzten Mal nichts geändert. Dort befanden sich hauptsächlich Lagerhallen, kleine Industriebetriebe und Bürogebäude. Auch die Impex war in einem funktionalen Bürohaus untergebracht, das den Charme eines flüchtig aufgestellten Containerbaus ausstrahlte. Vor dem Gebäude standen drei Einsatzfahrzeuge. Denk wurde von einem Beamten in das Büro des Geschäftsführers geleitet. Der Tote lag auf dem Boden hinter dem Schreibtisch.

»Der Mann wurde vor rund zwei Stunden erschlagen«, informierte ihn ein Kollege von der Spurensicherung. »Höchstwahrscheinlich mit diesem Kerzenständer.« Denk warf einen Blick auf die Tatwaffe, dann deutete er auf die Frau, die im Vorraum leise weinte.

»Das ist Frau Weiß, die Sekretärin. Sie hat den Toten entdeckt.«

»Frau Weiß«, wandte Denk sich an sie, »wann genau haben Sie den Toten gefunden?«

»Kurz nach sieben. Ich wollte dem Chef eine Tasse Tee bringen, da habe ich … das viele Blut …« Sie schluchzte laut auf.

Denk wartete, bis sie sich ein wenig beruhigt hatte, ehe er die Befragung fortsetzte. »War es üblich, dass Herr Sax so bald im Büro war?«

Sie schüttelte den Kopf. »Sie wissen ja gar nicht, was hier los ist. Übermorgen findet eine Revision statt, weil die Zentrale in Belgien Unregelmäßigkeiten in der Buchhaltung festgestellt hat. Seit Tagen sitzt der Chef von 5 Uhr morgens bis spät in die Nacht über den Papieren, um herauszufinden, wer für diese Fehler verantwortlich ist.«

Eine Stimme ließ sie innehalten. »Darf man erfahren, was hier los ist?«

Denk wandte sich um und erblickte einen Mann um die 40 in einem modischen Zweireiher.

»Herr Brand«, schrie die Sekretärin, »es ist furchtbar. Herr Sax ist tot.«

Der Mann schlug entsetzt die Hand vor den Mund. »Hat er sich also doch …?

»Er ist erschlagen worden«, fiel sie ihm ins Wort.

»Darf man erfahren, wer Sie sind?«, mischte sich Denk ein.

»Peter Brand, stellvertretender Geschäftsführer von Impex.«

»Dann haben Sie sicher ein Büro, wo wir uns ungestört unterhalten können.«

Brand öffnete die Tür und ließ Denk den Vortritt. Dann zwängte er sich an ihm vorbei zu seinem Stuhl. Dabei musste er einer Wasserlache ausweichen, die sich unter einem Schirm am Boden ausgebreitet hatte.

»Herr Brand, wie kommen Sie darauf, dass Sax selbst Hand an sich gelegt haben könnte?«

»Das war mein erster Impuls. Sax war mit den Nerven völlig am Ende, sodass man das Schlimmste befürchten musste.«

»Worum geht es eigentlich bei dieser Revision?«, erkundigte sich Denk.

Brands Miene verdüsterte sich. »Hat die Weiß wieder einmal geplaudert? Sagen wir es so: Irgendjemand hat sich zu seinen Gunsten mehrmals verrechnet.«

»Um welche Summe geht es dabei?«

»Sax hat mich nicht eingeweiht, aber der Weiß gegenüber hat er angedeutet, dass es sich um einen sechsstelligen Betrag handelt.«

Denk stieß einen leisen Pfiff aus. »Wie viele Leute sind eigentlich in der Firma beschäftigt?«

»Wir haben 16 Mitarbeiter.«

»Und wer davon hatte die Möglichkeit, so viel Geld abzuzweigen?«

»Eigentlich nur drei, denn außer Sax, Roll und meiner Wenigkeit ist niemand zeichnungsberechtigt.«

»Eine Frage: Wo waren Sie zwischen 6 und 7 Uhr?«

»Im Bett. Ich habe verschlafen und bin erst kurz nach acht hierhergeeilt. Fragen Sie Ihren Kollegen. Ich musste ihm sogar meinen Ausweis zeigen, ehe er mich hereingelassen hat. Ich an Ihrer Stelle würde mich einmal mit Roll unterhalten. Zwischen ihm und Sax ist es gestern nach Geschäftsschluss zu einer lautstarken Auseinandersetzung gekommen. Gut möglich, dass das etwas mit dieser leidigen Angelegenheit zu tun hatte.«

Als Denk Rolls Büro betrat, warf dieser ihm einen misstrauischen Blick zu.

»Herr Roll, Sie wissen, was mit Ihrem Chef passiert ist?«

Roll nickte.

»Wann sind Sie eigentlich heute ins Büro gekommen?«

»Ich sage Ihnen gleich, dass ich nichts mit dieser Sache zu tun habe, obwohl ich allen Grund gehabt hätte, Sax eine gehörige Abreibung zu verabreichen.«

»Weil er Ihnen vorgeworfen hat, Firmengelder zu veruntreuen?«

Roll blickte ihn überrascht an. »Das hat Ihnen Brand gesteckt. Wundert mich nicht. Seit Jahren lässt er nichts unversucht, um mich aus der Firma zu drängen.«

»Stimmt es, dass Sie gestern Streit mit Ihrem Chef hatten?«

»Streit ist eigentlich eine harmlose Bezeichnung für das Schreiduell, das wir uns geliefert haben.«

»Und worum ging es bei dieser Auseinandersetzung?«

»Sax hat mich beschuldigt, Geld unterschlagen zu haben. Das lasse ich mir nicht bieten. Ich bin seit mehr als 20 Jahren der Firma treu ergeben.«

Die Verbitterung in seiner Stimme war nicht zu überhören.

»Sie haben meine erste Frage noch nicht beantwortet. Wann sind Sie heute ins Büro gekommen?«

»Das war kurz vor sieben.«

»Gibt es dafür Zeugen?«

Roll schüttelte den Kopf. »Ich habe nur gehört, dass Frau Weiß unmittelbar nach mir eingetroffen ist, aber gesehen hat mich niemand.«

»Herr Roll, ich ersuche Sie, Ihr Büro nicht zu verlassen, bis ich Ihre Kollegen befragt habe. Außerdem möchte ich Sie darauf hinweisen, dass alles, was Sie jetzt sagen, gegen Sie verwendet werden kann.«

Denk erhob sich und warf einen Blick aus dem Fenster. Dem Grillfest stand nichts mehr im Wege. Von Regen keine Spur, und der Fall schien so gut wie gelöst. Auch wenn Roll beteuerte, nichts mit dem Mord zu tun zu haben, war dieser für ihn der Hauptverdächtige. Immerhin hatte er kein Alibi und ein handfestes Motiv. Trotzdem wurde Denk das Gefühl nicht los, dass er etwas übersehen hatte.

Wissen Sie, was Denk übersehen hat?

Lösung: 16. Rätsel-Krimi

Die Wasserlache in Brands Büro weist darauf hin, dass Brand bereits vor sieben Uhr in der Firma gewesen sein muss, weil es erst danach aufgehört hat zu regnen. Demzufolge hat er gelogen.

TRÜGERISCHE RUHE

›Kleines Paradies‹ war über dem Eingang der Schrebergartensiedlung zu lesen.

Für Denk wäre diese dicht gedrängte Ansammlung von Hütten eher die Hölle gewesen. Bis auf die durchaus paradiesische Ruhe, die hier herrschte! Nur das Gezwitscher der Vögel war zu hören. Aber er wusste, dass es sich um eine trügerische Ruhe handelte. Denn ein Mann war tot. Ermordet inmitten dieser Idylle.

Vor einer Hütte unmittelbar beim Eingang saß sein Assistent neben einem Mann auf einer Gartenbank.

»Der Leichnam befindet sich dort drinnen«, informierte er seinen Vorgesetzten. »Das ist übrigens Herr Meier. Er hat den Toten gefunden.«

»Wann war das?«, wollte Denk wissen.

»Kurz nach 15 Uhr. Ich wollte mit Walter ein paar Formalitäten besprechen und da … da …« Weiter kam er nicht. Es war nicht zu übersehen, dass Herr Meier unter Schock stand.

Denk legte ihm eine Hand auf die Schulter. »Wir unterhalten uns später, wenn Sie sich etwas beruhigt haben.« Er machte einen Schritt auf die Hütte zu, aber sein Assistent hielt ihn zurück. »Ich warne dich, es ist kein schöner Anblick.«

»Das ist es doch nie«, dachte er sich und trat ein. Doch was er im Inneren zu sehen bekam, ließ ihm augenblicklich das Blut in den Adern gefrieren. Der Tote lag mit dem Gesicht in einer Blutlache. Im Hinterkopf steckte eine Axt.

»Scheußliche Sache«, konstatierte der Gerichtsmediziner, der den Leichnam gerade untersuchte. »Der Mörder hat ihm regelrecht den Schädel gespalten. Wenigsten hat er nicht leiden müssen. Ich denke, er war auf der Stelle tot.«

Als Denk wieder draußen war, atmete er zunächst ein paar Mal tief durch, ehe er sich wieder an Herrn Meier wandte.

»Woher wissen Sie die Uhrzeit so genau?«

»Weil wir zwischen 13 und 15 Uhr Ruhezeit haben. Walter war in diesen Dingen sehr genau und hat es nicht gern gesehen, wenn sich jemand nicht daran gehalten hat. Kurz nach drei bin ich zu ihm, damit wir die Formalitäten für die Wahl am Sonntag besprechen. Da habe ich ihn gefunden.«

»Um welche Wahl ging es dabei?«

»Alle zwei Jahre muss der Vorstand der Siedlung neu gewählt werden.«

»Und welche Aufgabe haben Sie und Herr Laus dabei?«

»Ich bin Obmann unseres ›Paradieses‹ und Walter ist …« Er räusperte sich. »War mein Stellvertreter.«

»Wissen Sie, ob Herr Laus Feinde hatte?«

Meier schaute den Inspektor konsterniert an. »Also, Walter war rund um die Uhr für die Siedlung da. Sie war sein Leben. Vielleicht hat er ab und zu ein wenig über das Ziel hinausgeschossen und einige der Bewohner vor den Kopf gestoßen, aber Feinde hatte er deswegen sicher keine.«

Denk bedankte sich und beschloss als Nächstes, die Nachbarn des Mordopfers zu befragen. Vielleicht war ja jemandem etwas Verdächtiges aufgefallen.

»Walter ermordet?«, fragte Fritz Lang, dessen Hütte sich links neben der von Laus befand. »Das wundert mich nicht. Das musste ja einmal passieren.«

»Wie meinen Sie das?«

»Nun, er hat sich ständig überall eingemischt, und jedem, der nicht nach seiner Pfeife tanzen wollte, mit der Kündigung gedroht.«

»Kündigen? Geht das denn so einfach?«

»Laut Statuten hat der Vorstand das Recht dazu.«

»Und ist das oft vorgekommen?«

»Bisher noch nie. Das hat Meier zu verhindern gewusst. Aber Laus wollte sich bei der kommenden Wahl um die Stelle des Obmanns bewerben. Dann hätte die Sache schon anders ausgeschaut.«

»Haben Sie in der Zeit zwischen eins und drei irgendetwas Verdächtiges bemerkt?«

Lang schüttelte den Kopf. »Ich bin erst vor einer Viertelstunde gekommen. In der Ruhezeit hält das ja keiner aus hier. Ein Mucks – und schon hast du Probleme mit Laus. Fragen Sie einmal die Hubers, die können Ihnen ein Lied davon singen.«

Die Hütte der Hubers lag am anderen Ende der Siedlung.

»Laus tot«, wiederholte Herr Huber. Er konnte seine Freude über das Gehörte kaum verbergen. »Entschuldigen Sie, man soll ja nicht schlecht über einen Toten reden, aber wenn's einer verdient hat, dann Laus, Gott hab ihn selig.«

»Ich habe gehört, dass Sie Probleme mit dem Toten hatten.«

Huber zuckte mit den Schultern. »Probleme? Geärgert hat er mich. Er wollte uns verbieten, dass unser Enkelkind auf Besuch kommt, weil es angeblich zu laut ist. Aber deswegen bringt man doch keinen um. Da hätte jeder zweite in der Siedlung ein handfestes Motiv.«

»Wo waren Sie eigentlich zwischen 13 und 15 Uhr?«

»Im Bett. Mittagschläfchen halten. Ich habe wie ein Murmeltier gepennt. Was sollte man auch sonst machen? Laus hat wie ein Wachhund aufgepasst, dass sich niemand während der Ruhezeit draußen aufhält.«

»Kann das jemand bestätigen?«

»Sie glauben doch nicht …«

Denk winkte ab. »Das ist nur eine Routinefrage.«

»Meine Frau. Sie ist nämlich neben mir gelegen.«

Frau Huber bestätigte die Aussage ihres Mannes.

»Ist Ihnen in der fraglichen Zeit irgendetwas Verdächtiges aufgefallen?«

»Meiner Frau sicher nicht«, ergriff Huber wieder das Wort. »Die schläft wie eine Tote. Aber auch ich habe nichts gehört. Mich hat nur gewundert, dass der Meier um diese Zeit in der Nähe des Eingangs herumgeschlichen ist. Wenn ihn Laus dabei erwischt hätte, wäre das sein Ende als Obmann gewesen.«

Denk knöpfte sich noch einmal Meier vor.

»Kann es sein, dass Sie schon vor 15 Uhr bei Ihrem Stellvertreter waren?«

Meier warf ihm einen entsetzten Blick zu. »Ich … Ich wollte nur mit ihm reden und ihn überzeugen, dass seine Kandidatur die ganze Siedlung in den Abgrund reißt.«

»Und als er nicht auf Sie hören wollte, haben Sie die Axt genommen und …«

»Nein«, fiel ihm Meier ins Wort. »Ich habe ein Geräusch gehört und ich bin wieder zu meiner Hütte zurückgekehrt.«

»Und das soll ich Ihnen glauben?«

»Das müssen Sie, ich bin nämlich unschuldig.«

Natürlich war der Obmann dringend der Tat verdächtig, aber es gab noch andere, die ein Motiv für die Tat hatten. Was Denk fehlte, war ein Beweis.

Er ließ noch einmal den Blick über die Siedlung schweifen. Plötzlich fiel ihm wie Schuppen von den Augen, was er übersehen hatte. Dass ihm das nicht sofort aufgefallen war!

Wen verdächtigt Denk? Wodurch hat sich die Person verdächtig gemacht?

Lösung: 17. Rätsel-Krimi

Denk verdächtigt Herrn Huber. Dieser behauptet, zur fraglichen Zeit wie ein Murmeltier gepennt zu haben. Andererseits will er Meier in der Nähe des Eingangs, also bei Laus' Hütte gesehen haben. Da sich Hubers Grundstück auf der anderen Seite der Schrebergartensiedlung befindet, kann er Meier nur gesehen haben, wenn er selbst unterwegs war.

TOD IM FREIBAD

Denk hatte gerade hinter seinem Schreibtisch Platz genommen, als sein Assistent ins Büro stürmte.

»Chef, wir haben einen Toten im Parkbad.«

»Ein Unfall?«

Sein Assistent schüttelte den Kopf. »Wenn man den Kollegen vor Ort Glauben schenken darf, handelt es sich um Mord.«

»Dann sollten wir keine Zeit verlieren und uns sofort auf den Weg machen.«

Das Parkbad war das älteste und größte Freibad in Linz. Es lag mitten in der Stadt an der Donau und war 1930 in einem über 30.000 Quadratmeter großen Park errichtet worden. Das weitläufige Gelände fasste mehr als 10.000 Besucher. Vom nahen Fluss wehte ständig eine leichte Brise und sorgte auch an heißen Sommertagen für ein wenig Abkühlung. Außerdem spendeten Dutzende hohe Bäume reichlich Schatten. Obwohl Denk im Sommer gerne schwimmen ging, war er schon lang nicht mehr hier gewesen. Schuld trugen daran wohl seine Großeltern, die ihn in seiner Kindheit Tag für Tag ins Parkbad geschleppt hatten, obwohl er viel lieber in eines der moderneren Schwimmbäder gegangen wäre, wo sich die meisten seiner Freunde aufgehalten hatten. Aber das wäre vor allem für seinen Großvater nie infrage gekommen. Als ehemaliges Mitglied des Republikanischen Schutzbundes fühlte er sich der Institution des Parkbads zutiefst verbunden. Der Besuch eines anderen Schwimmbades wäre in seinen Augen einem Verrat gleichgekommen. Denn nach dem Verbot ihrer Organisation durch Bundeskanzler Dollfuss hatten sie ihre Waffen im Kanalsystem des Parkbades versteckt und sich während des kurzen Bürgerkriegs im Februar 1934 auf dem Dach des Bades verschanzt, um sich gegen die Errichtung einer Diktatur zur Wehr zu setzen.

Sein Assistent wies auf mehrere Personen, die beim Sportbecken standen und aufgeregt miteinander diskutierten. Als sie näher kamen, sahen auch sie den Toten. Er trieb mit dem Kopf nach unten im Wasser. Auf der Badehaube zeichnete sich deutlich ein Blutfleck ab. Vergeblich bemühte sich ein Polizist, den Leichnam mit einer Stange an den Beckenrand zu ziehen. Nach dem zehnten Versuch platzte Denk der Kragen.

»Wie lange sollen wir dir noch bei diesem makabren Schauspiel zuschauen? Du steigst jetzt sofort in das Wasser und birgst den Toten!«

Mürrisch zog sich der Beamte bis auf die Unterhose aus und leistete der Anordnung seines Vorgesetzten Folge. Eine Minute später lag der Mann auf dem Betonboden neben dem Bassin.

»Und?«, erkundigte sich Denk, nachdem der Gerichtsmediziner den Leichnam begutachtet hatte.

»Die Schaumnuss im Mund deutet darauf hin, dass er ertrunken ist.«

»Und die Verletzung am Hinterkopf? Hat er sich die beim Sturz zugezogen?«

»Eher nicht«, erwiderte der Arzt. »Er dürfte mit einem stumpfen Gegenstand niedergeschlagen worden sein. Der Tod ist vor rund zehn Stunden eingetreten. Genaueres kann ich dir natürlich erst nach der Obduktion sagen.«

»Sie haben den Toten also entdeckt«, wandte sich Denk an den Bademeister, der bekümmert auf einem Startsockel saß. »Wann war das?«

»Kurz vor acht. Ich habe wie jeden Tag kontrolliert, ob die Becken in Ordnung sind. Da habe ich den Rudi im Wasser treiben gesehen.«

»Sie kennen den Toten?«

»Ja, das ist Rudi Vok«, bestätigte er deprimiert. »Österreichs bester Brustschwimmer und eine unserer …«

»Medaillenhoffnungen für die Olympischen Spiele«, ergänzte der Inspektor. »Haben Sie eine Ahnung, was Vok hier in der Nacht gemacht hat?«

Der Mann schüttelte den Kopf, aber Denk entging nicht das nervöse Zucken in seinem Gesicht.

»Wenn Sie etwas wissen, dann heraus mit der Sprache! Immerhin ermitteln wir hier in einem Mordfall.«

»Ich habe Rudi nach Betriebsschluss heimlich ins Bad gelassen, damit er trainieren kann.«

»Warum das?«

»Er hat sich doch mit allen zerstritten. Angefangen vom Verbandspräsidenten über den Bundestrainer bis hin zu Adi Kern, seinem Trainingspartner. Wenn bekannt wird, dass ich ihm erlaubt habe, im Freibad zu schwimmen, kann ich meinen Hut nehmen.«

Denk lud die drei Männer ins Präsidium, um sie zu befragen.

Als Ersten bat er Kern zu sich ins Büro und setzte ihn vom Tod seines Trainingspartners in Kenntnis.

»Rudi tot? Wie ist das passiert? Ein Unfall?«

»Er ist ertrunken.«

»Jetzt scherzen Sie aber. Sie reden gerade von einem der besten Schwimmer Österreichs. So jemand ertrinkt doch nicht.«

»Wenn man nachhilft, vielleicht schon. Wo waren Sie eigentlich gestern gegen 22 Uhr?«

»Sie glauben doch nicht, dass ich etwas mit Rudis Tod zu tun habe? Wir waren …«

»Konkurrenten«, fiel ihm Denk ins Wort, »von denen sich nur einer für Olympia qualifizieren konnte.«

»Ich bin Sportler«, entrüstete sich Kern. »Mir geht Fairness über alles. Die paar Hundertstel, die Rudi schneller war, hätte ich locker aufgeholt.«

»Sie haben meine Frage noch nicht beantwortet.«

»Ich war bis halb zehn im Training, dann bin ich todmüde ins Bett gefallen. Zeugen gibt es dafür allerdings keine.«

»Rudi tot?«, erschrak der Verbandspräsident. »Das ist eine Katastrophe nationalen Ausmaßes.«

»Ich dachte, Sie wollten ihn aus dem Kader werfen?«

»Das war doch nur eine pädagogische Maßnahme. Wissen Sie, Rudi war einerseits ein Spitzenathlet, andererseits jedoch ein Querkopf, dem es keiner recht machen konnte. Es ist einfach nicht gut für die Truppe, wenn sich jemand ständig mit dem Trainer anlegt und sein eigenes Süppchen kochen will.«

»Angeblich ist es in der vergangenen Woche zu einem Streit zwischen Ihnen und Vok gekommen. Worum ging es dabei?«

»Rudi hat sich geweigert, weiter mit den anderen zu trainieren. Glauben Sie mir, mir ist es gleichgültig, wenn er im Freibad nach Trainingsschluss noch ein paar Längen zieht, aber das gemeinsame Trainingsprogramm zu boykottieren und die Arbeit unserer Betreuer ins Lächerliche zu ziehen, ist etwas, das nicht angeht. Das habe ich ihm klarzumachen versucht.«

»Wo waren Sie eigentlich gestern gegen 22 Uhr?«

»Sie denken doch nicht etwa, dass ich etwas mit seinem Tod zu tun habe?«

»Es handelt sich hierbei lediglich um eine Routinefrage.«

»Ich war bis Mitternacht in meinem Büro.«

»Gibt es dafür Zeugen?«

»Alle Funktionäre sind ehrenamtlich tätig. Bei aller Liebe zum Sport, so lange bleibt niemand freiwillig im Verbandsgebäude.«

Als Letzten befragte Denk den Bundestrainer. Dieser schlug erschüttert die Hände vors Gesicht, als er vom Tod seines besten Schwimmers erfuhr.

»Ich dachte, Sie waren auf den Toten nicht gut zu sprechen.«

»Das ist richtig, aber Rudi war ein Ausnahmeathlet. Er hatte alle Voraussetzungen, um Medaillen zu erschwimmen. Da ich ihn lange Zeit trainiert habe, wäre ein wenig von seinem Ruhm auch auf mich abgefallen.«

»Darf man erfahren, warum es zwischen Ihnen und Vok Streit gegeben hat?« Denk entging nicht, dass sich die Miene des Trainers verdüsterte, als er zu sprechen begann.

»Rudi hat mich öffentlich bloßgestellt und meine Trainingsmethoden als veraltet bezeichnet. Zuletzt hat er sich sogar geweigert, weiter an den Übungsreihen, die ich erarbeitet habe, teilzunehmen.«

»Wie haben Sie darauf reagiert?«

»Ich habe den Verbandspräsidenten von dieser Disziplinlosigkeit in Kenntnis gesetzt und ihn gebeten, Rudi ins Gebet zu nehmen.«

»Und damit war die Angelegenheit für Sie erledigt?«

»Nein, ganz und gar nicht! Nachdem er noch immer nicht kooperiert hat, habe ich ihm mitgeteilt, dass ich an seiner Stelle Adi nominieren werde.«

»Und er?«

»Hat mich nur ausgelacht«, gestand der Trainer.

»Wo waren Sie gestern gegen 22 Uhr?«

»Ich bin nach dem Training nach Hause gegangen. Zeugen gibt es dafür allerdings keine.«

Nach der Befragung war Denk so klug wie zuvor. Alle drei Verdächtigen hatten ein Motiv und keiner konnte ein Alibi vorweisen.

Er nahm sich vor, jeden noch einmal in die Mangel zu nehmen, als ihm ein Detail einfiel, das er während der Befragung überhört hatte.

Was hat Denk überhört? Wer ist der Täter?

Lösung: 18. Rätsel-Krimi

Obwohl der Bademeister Vok heimlich ins Freibad gelassen hat, weiß der Verbandspräsident, dass dieser nach Trainingsschluss dort seine Längen gezogen hat. Das legt den Schluss nahe, dass er der Täter ist.

GELEGENHEIT MACHT DIEBE

»Aber das gibt es doch gar nicht«, jammerte Rudolf Bär, der Geschäftsführer der Arzneimittelfirma. »Ich war doch nur eine halbe Stunde im Restaurant gegenüber eine Kleinigkeit essen, und dann war das ganze Geld weg. 5.000 Euro. Die wollte ich meiner Tochter zur bestandenen Matura schenken.«

»Wo hatten Sie denn das Geld verwahrt?«, wollte Inspektor Denk wissen.

Bär wies auf die Schreibtischplatte.

»Hier auf dem Tisch! In einem Kuvert.«

»Haben Sie vor dem Verlassen des Büros wenigstens die Tür abgeschlossen?«

»Das mache ich nie. Konnte doch keiner ahnen, dass sich jemand einschleicht und das Geld stiehlt.«

Denk stieß einen Seufzer aus und schüttelte den Kopf über so viel Naivität. Wie hieß es so schön: Gelegenheit macht Diebe. Ein Sprichwort, das sich wieder einmal bewahrheitet zu haben schien.

»Ist es möglich, dass sich ein Fremder Zugang zu Ihrem Büro verschafft hat?«

»Normalerweise nicht! Aber das müssen Sie Frau Maier fragen. Sie ist meine Empfangsdame und bewacht den Eingangsbereich mit Argusaugen. An ihr kommt keiner ungesehen vorbei.«

»Wie viele Personen sind außer Frau Maier noch in Ihrer Firma beschäftigt?«

»Sechs. Allerdings können Sie drei von vornherein von der Liste der Verdächtigen streichen. Herr Leitner befindet sich zurzeit im Krankenstand, und Herr Helm war mit Fräulein Neuer schon im Restaurant, als ich eintraf. Beide sind erst nach mir zurück ins Büro gegangen.«

Denk begab sich in das Vorzimmer und erkundigte sich bei der Empfangsdame, ob ihr etwas Verdächtiges aufgefallen sei. Sie gab zu Protokoll, dass sie während der Abwesenheit ihres Chefs ihren Platz nicht verlassen habe und in dieser Zeit sicher keine fremde Person an ihr vorbei in den Bürobereich gelangt war.

Damit stand für Denk fest, dass einer der drei Mitarbeiter, die während der Mittagspause im Büro geblieben waren, der Täter sein musste.

Bevor er mit dem Verhör begann, suchte er noch einmal den Geschäftsführer auf.

»Weiß eigentlich schon jemand, was passiert ist?«

Herr Bär schüttelte den Kopf. »Nachdem ich das Fehlen des Geldes bemerkt habe, habe ich sofort bei Ihnen angerufen.«

»Dann ersuche ich Sie, auch jetzt nichts darüber verlauten zu lassen. Schicken Sie mir als Ersten Herrn Wolf zur Befragung!«

»Wo waren Sie zwischen 11.30 und 12.00?«

Herr Wolf schaute Denk überrascht an. »In meinem Büro. Wo sonst? Warum wollen Sie das eigentlich wissen?«

»Ihr Chef ist bestohlen worden.«

Wolf machte eine abwiegelnde Handbewegung. »Das ist nicht das erste Mal, dass er jemanden des Diebstahls bezichtigt. Ein paar Tage später taucht dann das vermeintlich Gestohlene wieder irgendwo auf.«

»Ist das schon öfter passiert?«

»Mindestens dreimal! Ich bin mir sicher, dass er seine Sachen nur verlegt hat. Vielleicht sollten Sie ihm besser beim Suchen helfen, als uns von unserer Arbeit abzuhalten.«

Der Nächste, den er zur Befragung kommen ließ, war Walter Schuster.

Denk fragte auch ihn, wo er in der fraglichen Zeit gewesen war.

»In meinem Büro, bis auf ein paar Minuten, die ich auf der Toilette verbracht habe. Warum fragen Sie?«

»Ihr Chef ist bestohlen worden.«

»Schon wieder! Im Vertrauen, ich würde nicht viel darauf geben. Er verlegt ständig irgendetwas. Das Geld wird schon wieder auftauchen.«

»Trotzdem würde ich gern wissen, ob Ihnen etwas Verdächtiges aufgefallen ist.«

Schuster zuckte mit den Achseln. »Eigentlich nicht. Außer dass ich Hengstler aus dem Büro des Chefs habe kommen sehen. Offensichtlich hat er etwas von ihm gebraucht, diesen aber nicht angetroffen. Sonst habe ich nichts bemerkt.«

In Gedanken schickte Denk den Mann nach draußen. Er war sich nicht sicher, ob es Sinn hatte, die Befragung fortzusetzen. Vielleicht sollte er zunächst mit Bär gemeinsam nach dem verschwundenen Geld suchen. Tauchte es auf, war die Angelegenheit erledigt, ohne dass noch mehr Staub aufgewirbelt wurde.

Andererseits hatte Schuster ausgesagt, einen Kollegen beim Verlassen des Büros von Bär beobachtet zu haben. Immerhin der erste konkrete Anhaltspunkt auf einen möglichen Täter. Es konnte nicht schaden, mit diesem Hengstler zu reden. Sollte auch dieses Gespräch kein Ergebnis bringen, war es an der Zeit, dem Erinnerungsvermögen des Geschäftsführers ein wenig auf die Sprünge zu helfen.

»Wo waren Sie zwischen 11.30 und 12.00 Uhr?«, stellte er zum dritten Mal die gleiche Frage.

»Ausnahmsweise war ich im Büro«, gab Hengstler zur Antwort.

»Darf man fragen: Warum ausnahmsweise?«

»Weil ich normalerweise Mittagspause mache. Aber heute

möchte ich früher wegkommen, weil ich mir ein neues Auto kaufe.«

»Gratuliere, das ist eine gute Entscheidung in Zeiten wie diesen. Waren Sie die ganze Zeit über in Ihrem Büro?«

Hengstler nickte.

»Einer Ihrer Kollegen hat jedoch ausgesagt, dass er Sie aus dem Büro Ihres Chefs hat kommen sehen«, wandte Denk ein.

»Das war sicher Schuster, aber er hat sich geirrt. Ich war nicht im Büro des Chefs, sondern einen Raum dahinter im Kopierzimmer. Das können Sie übrigens überprüfen. Das Gerät speichert automatisch, wann wie viele Kopien getätigt werden. Worum geht es eigentlich?«

»Ihr Chef wurde bestohlen.«

Hengstler lachte laut auf. »Möchten Sie erfahren, wie oft das angeblich schon der Fall gewesen ist? Ungezählte Male. Vor drei Wochen hat er behauptet, jemand habe seinen Goldfüller entwendet. Die Putzfrau hat diesen dann beim Entleeren des Mülleimers gefunden. Und Schuster ist nur neidisch, weil ich mir ein neues Auto kaufe und er nicht das nötige Geld hat, das ebenfalls zu tun.«

Ehrlich gestanden war Denk mit seinem Latein am Ende. Er beschloss, noch einmal dem Geschäftsführer auf den Zahn zu fühlen, ob nicht doch die Möglichkeit bestünde, dass er das Kuvert nur verlegt habe.

»Sicher nicht!«, empörte sich dieser. »Ich habe das ganze Zimmer auf den Kopf gestellt. Und ich bleibe dabei, das Geld ist gestohlen worden.«

Plötzlich fiel es Denk wie Schuppen von den Augen.

»Sie haben recht. Das Geld ist gestohlen worden, und ich weiß jetzt auch, wer der Täter ist.«

Wer ist der Täter? Wodurch hat er sich verraten?

Lösung: 19. Rätsel-Krimi

Der Täter ist Walter Schuster. Er sagt, dass das Geld schon wieder auftauchen wird. Nur der Dieb kann wissen, dass dem Chef Geld gestohlen worden ist. Außerdem legt er eine falsche Fährte, indem er behauptet, sein Kollege Hengstler sei aus dem Büro des Chefs gekommen. Mit keinem Wort ist vorher erwähnt worden, wo der Diebstahl eigentlich stattgefunden hat.

ALMRAUSCH

Muh! Muh! Bimmel! Bimmel!

Denk schlug die Augen auf und schaute sich verwirrt um. Was machten Kühe in seinem Schlafzimmer? War das überhaupt sein Schlafzimmer?

Er hatte keine Ahnung, wo er sich befand. Er wusste nur, dass etwas mit ihm nicht in Ordnung war. In seinem Kopf dröhnte ein Hummelschwarm und seine Zunge lag wie ein Bimsstein in der ausgetrockneten Mundhöhle. Er versuchte, sich aufzurichten, ließ es aber bleiben, als er spürte, wie sein Kopf auf einfache Bewegung reagierte. Vorsichtig sank er aufs Kissen zurück und schloss die Augen.

Nach einer Weile kam die Erinnerung zurück. Bruchstückhaft. Urlaub – Gerlos – Hotel ›Zum Enzian‹. Ihm fiel das Unwetter ein, das sie gezwungen hatte, die Bergtour auf den Isskogel abzubrechen, die Sperre der Bundesstraße wegen eines Murenabgangs, weshalb es ihnen unmöglich gewesen war, am Abend den Grand Prix der Volksmusik in Zell am Ziller zu besuchen. Zum Leidwesen seiner Frau, die den Besuch dieser Veranstaltung zur Bedingung für diesen Urlaub in den Bergen gemacht hatte. Sie liebte das Meer über alles und teilte seine Leidenschaft für das Wandern im Gebirge überhaupt nicht. Aber die Aussicht Carmen Dunst, Andy Leih und all die anderen Stars der volkstümlichen Musik hautnah miterleben zu dürfen, hatte sie bewogen, ihn hierher zu begleiten.

Er sah den Wirt vor sich, der nach dem Abendessen mit der Ziehharmonika aufspielte, erinnerte sich an das Zillertaler Bier und den Zirbenschnaps, von dem er reichlich gekostet hatte. Als ihm einfiel, dass er lautstark mit den anderen Gästen den ›Anton aus Tirol‹ gegrölt und sich bei seiner Tischnachbarin, einer strammen Blondine aus dem Ruhrgebiet, eingehakt hatte, um zur Musik mitzuschunkeln, schlug er entsetzt die Hände vors Gesicht. Nie zuvor hatte er sich zu etwas Ähnlichem hinreißen lassen.

Irgendwann war der Wirt auf seinen Nachbarn, den Röglbauern, zu sprechen gekommen, dem er in Gedanken schon hundertmal den Hals umgedreht hatte. Wegen der Viecher, der blöden, die dieser immer kurz nach Mitternacht auf die Wiese genau vor seinem Hotel trieb, um ihm Schaden zuzufügen. Er, Denk, könne sich gar nicht vorstellen, wie viele seiner deutschen Gäste nach den ersten Tagen, wo sie das noch urig gefunden hätten, frühzeitig die Heimreise antraten, weil sie diesen Lärm nicht mehr aushielten.

Und wie sich Denk das vorstellen konnte! Das Glockengeläut und Wehklagen der Tiere waren schon im normalen Zustand kaum zu ertragen, aber heute …

Er presste die Hände auf die Ohren und stöhnte laut auf. Keine Ahnung, wie es seine Frau anstellte, angesichts dieses Spektakels so glückselig vor sich hin zu schnarchen. Rädern, vierteilen, pfählen müsste man diesen Rögl, schloss er sich der Meinung ihres Wirts an.

Nachdem er sich eine halbe Stunde lang allen möglichen Tötungsfantasien hingegeben hatte, erhob er sich ächzend. An Schlaf war ohnehin nicht mehr zu denken. Er öffnete die Balkontüre und trat nach draußen. Als er nach unten schaute, erstarrte er vor Schreck. Ein Mann mit einer klaffenden Wunde am Hinterkopf lag auf der Wiese, umgeben von Kühen, die rings um ihn das Gras aus dem Boden rupften.

Eine Stunde später war die örtliche Polizei zur Stelle. Bei dem Toten handelte es sich um Leopold Rögl. Er war mit einem Stein hinterrücks erschlagen worden.

»Leider kann ich Ihnen nicht wirklich weiterhelfen«, erwiderte Denk auf die Frage des ermittelnden Beamten, ob er etwas Zweckdienliches zu Protokoll geben könne. »Ich bin durch das Muhen und Glockenläuten geweckt worden und habe dann den Leichnam vom Balkon aus gesehen. Das ist alles. Einen Tipp kann ich Ihnen jedoch geben: Vielleicht sollten Sie einmal unserem Wirt auf den Zahn fühlen. Ich glaube, er war auf den Toten nicht gut zu sprechen.« Nachdem er sich als Kollege ausgewiesen hatte, lud ihn Major Stramm ein, an den weiteren Befragungen teilzunehmen.

»Also, Freunde waren der Rögl und ich sicher nicht«, gestand der Wirt. »Er hat seine Tiere absichtlich über Nacht auf der Weide vor dem Hotel grasen lassen, um mir zu schaden. Aber deswegen mach ich den doch nicht kalt.« Das hatte sich gestern noch ganz anders angehört, dachte sich Denk, sagte aber nichts, weil er sich an seine Mordgedanken am Morgen erinnerte und sich ein wenig dafür schämte.

»Da gibt es genügend andere, die ein Motiv hätten, dem Rögl den Schädel einzuschlagen.«

»Und die wären?«

»Der Schnaderer Georg beispielsweise. Dem hat der Rögl vor ein paar Wochen die Freundin ausgespannt. Das weiß jeder im Dorf. Oder sein eigener Bruder. Den hat er um sein Erbe betrogen und danach hat der Rache geschworen.«

Sie beschlossen, als Erstes Rögls Bruder zu befragen. Dieser wohnte am Fuße des Arbiskogels in einer armseligen Kate.

»Stimmt eigentlich, was der Wirt behauptet?«, erkundigte sich Denk bei Stramm, ehe sie Einlass begehrten.

»Das mit dem Erbe?« Sein Kollege zuckte mit den Achseln. »Keine Ahnung. Aber zutrauen würde ich das dem Rögl auf jeden Fall. Dem war nichts heilig. Der hätte für ein Trinkgeld seine eigene Großmutter an den Teufel verscherbelt.«

Kaum hatte Stramm ausgesprochen, wurde die Tür mit

einem lauten Poltern aufgestoßen. Ein wild aussehender Kerl trat nach draußen.

»Was verschafft mir die Ehre?«

»Wir kommen wegen Ihres Bruders«, setzte Stramm zu einer Erklärung an.

»Ich habe schon gehört, was passiert ist«, fiel ihm der Mann ins Wort. »Und glauben Sie mir, ich weine diesem Falotten keine Träne nach. Eines sage ich Ihnen allerdings gleich, ich habe mit dieser Sache nichts zu schaffen.«

»Dennoch kommen wir nicht umhin, Ihnen ein paar Fragen zu stellen.«

Hubert Rögl warf dem Major einen misstrauischen Blick zu, ehe er nickte.

»Wo waren Sie in der Zeit zwischen Mitternacht und 4 Uhr morgens?«

»Sie wollen mir doch nicht unterstellen, dass ich meinen eigenen Bruder getötet habe.«

»Ich will Ihnen gar nichts unterstellen. Diese Fragen sind reine Routine. Also, wo waren Sie zur fraglichen Zeit?«

»Wenn Sie es genau wissen wollen: Ich bin gestern Abend zu meiner Freundin nach Zell gefahren und war die ganze Nacht mit ihr zusammen.«

»Und Ihre Freundin kann das bestätigen?«

»Darauf können Sie Gift nehmen.«

Nachdem der Major die Personalien von Rögls Freundin aufgenommen hatte, fuhren sie zum Polizeiposten zurück, wo Schnaderer bereits in einem Vernehmungsraum auf sie wartete.

»Herr Schnaderer, stimmt es, dass Sie vor Kurzem Streit mit Herrn Rögl hatten?«

Der Angesprochene zuckte mit den Achseln.

»Es ist um ihre Freundin gegangen. Habe ich recht?«

Schnaderer schaute ihn finster an. »Ich habe ihn zur Rede gestellt, weil er Anna ständig hinterhergeschlichen ist.«

»Und Sie haben gedroht, ihm etwas anzutun, wenn er sie nicht in Ruhe lässt.«

»Das stimmt«, gab Schnaderer unumwunden zu. »Aber ich hätte das von Mann zu Mann geregelt, wie sich das für einen echten Tiroler gehört.«

»Wo waren Sie eigentlich heute Nacht?«

»Bei meiner Freundin.«

»Und sie kann das bezeugen?«

Er grinste den Major anzüglich an. »Davon gehe ich aus, nach dem, was wir so alles miteinander getrieben haben.«

»Wie ich diese Art von Alibis hasse!«, wandte sich Stramm an Denk, nachdem er den Mann entlassen hatte. »Ich weiß nicht, wie das bei Ihnen in Linz ist, aber bei uns stehen die Mädchen so unverrückbar wie die Tiroler Berge zu ihren Liebsten. Mal schauen, ob das hier auch der Fall ist!«

Als er sich erhob, hielt ihn Denk zurück. »Ich glaube, das ist überall ähnlich. Aber in diesem Fall können Sie sich die Befragung sparen. Ich weiß auch so, wer die Unwahrheit gesprochen hat.«

Wen verdächtigt Denk des Mordes?

Denk verdächtigt den Bruder des Toten, weil dieser offensichtlich die Unwahrheit gesprochen hat. Hubert Rögl gibt nämlich zu Protokoll, am Abend zu seiner Freundin nach Zell gefahren zu sein. Das ist jedoch nicht möglich, weil die Bundesstraße nach Zell durch einen Murenabgang gesperrt war.

Lösung: 20. Rätsel-Krimi

EISBEIN UND BULETTEN

Obwohl es erst kurz nach sieben war, fühlte sich Denk ausgeruht wie schon lange nicht mehr. Er hatte die ganze Nacht durchgeschlafen. Dem Bürgermeister von Gerlos sei Dank, denn dieser hatte nach dem Mord an ihrem Besitzer veranlasst, dass die Kühe, deren Gebimmel zuvor die Gäste des Hotels ›Zum Enzian‹ um ihre wohlverdiente Ruhe gebracht hatte, auf die Weide hinter dem Gemeindeamt getrieben worden waren, um niemanden mehr zu stören. Denk trat auf den Balkon und gähnte einmal herzhaft. Der Tag versprach, prächtig zu werden. Der Wanderung auf den Isskogel stand nichts im Wege. Die schneebedeckten Gipfel der Zillertaler Alpen funkelten im gleißenden Licht der Morgensonne wie Diamanten. Geblendet schloss er kurz die Augen. Als er sie wieder öffnete, erblickte er Maria und Hans Zauner, die Besitzer des Hotels ›Zum Enzian‹. Sie winkten ihm aufgeregt zu. Irgendetwas musste passiert sein.

Fünf Minuten später stand er mit ihnen hinter dem Haus und glaubte, seinen Augen nicht trauen zu können. Irgendjemand hatte die Motorhauben der fünf Autos, die dort abgestellt waren, mit einem spitzen Gegenstand zerkratzt. Die beiden Wagen der deutschen Gäste waren zusätzlich mit einem ›Piefke go home!‹ verunstaltet worden.

»Das ist unser Untergang«, schluchzte Maria.

Obwohl er selbst den Tränen nahe war, als er die Zickzacklinien auf seinem funkelnagelneuen Audi gewahrte, tröstete er sie. »Ihr könnt doch nichts dafür. Das waren ein paar Lausbuben, denen die Folgen ihres unüberlegten Handelns nicht bewusst waren.«

»Du kannst dir gar nicht vorstellen, wie schnell in unserer

Branche der Ruf ruiniert ist«, jammerte Maria. »Die Gäste stellen ins Internet, dass bei uns ihr Auto nicht sicher ist, und schon bleiben die Buchungen aus. Oder würdest du ein Hotel wählen, das nicht die Unversehrtheit deines Wagens garantieren kann, wenn genügend andere Unterkünfte zur Verfügung stehen?«

»Außerdem glaube ich nicht, dass es sich hier um einen Lausbubenstreich handelt«, meldete sich Hans zu Wort. »Das hat jemand mit Absicht gemacht, um uns zu schaden.«

Denk wandte sich den beiden zu. Maria und Hans zählten zu den liebenswertesten Menschen, die er kannte. Sie waren immer gut gelaunt und lasen ihren Gästen jeden Wunsch von den Augen ab.

»Wer sollte euch schaden wollen?«

»Da fallen mir einige ein«, meinte Maria. »Unter anderem der Rois und der Löckl. Die beiden sind stinksauer, weil uns dieser deutsche Reiseveranstalter als Partnerbetrieb ausgewählt und sie übergangen hat. Der Löckl posaunt sogar im ganzen Ort herum, dass wir seine Ideen für nachhaltigen Tourismus gestohlen haben, um ihm Gäste abspenstig zu machen.«

»Und der Wallnerwirt ist auch nicht gut auf uns zu sprechen«, berichtete Hans, »weil die Gemeinde uns und nicht ihn mit der Führung des Bergrestaurants betraut hat. Er hat öffentlich geschworen, uns das heimzuzahlen.«

»Ich denke, ich sollte besagten Herren einmal genauer auf den Zahn fühlen. Ihr informiert jetzt die Polizei, damit eventuelle Spuren sichergestellt werden können. Dann lasse ich die drei vorladen, um mich ein wenig mit ihnen zu unterhalten.«

Als Denk eine Stunde später auf dem Posten eintraf, waren die drei Hoteliers bereits anwesend.

»Haben Sie schon erfahren, was heute Nacht beim Hotel ›Zum Enzian‹ vorgefallen ist?«

Die drei schüttelten den Kopf.

»Dann will ich Sie informieren. Die Autos der Hotelgäste sind mit einem spitzen Gegenstand beschädigt worden.«

»Und was hat das mit uns zu tun?«, wollte Peter Wallner wissen.

»Genau das möchte ich herausfinden.«

»Soll das etwa heißen, dass wir beschuldigt werden, etwas mit diesem Vorfall zu tun zu haben?«, empörte sich Ewald Rois. »Das lasse ich mir nicht bieten. Ich schwöre Ihnen, das wird Konsequenzen nach sich ziehen.«

»Typisch Zauner! Immer das eigene Nest beschmutzen«, orakelte Alois Löckl. »Von dieser Bagage kann man ja nichts anderes erwarten.«

»Können Sie erklären, was Sie damit meinen?«, fragte Denk nach.

»Das Verhalten der Familie Zauner ist doch jedem im Ort ein Dorn im Auge. Nur um ein paar Gäste mehr zu bekommen, wechseln sie ihre Identität wie andere ihre Unterhosen. Fleischlaibchen werden als Buletten angepriesen und die gebratene Surhaxe mutiert zum deutschen Eisbein.«

Was Löckl sagte, stimmte Denk nachdenklich. Erst gestern waren zum Nachtisch im Hotel ›Zum Enzian‹ Pfannkuchen mit Aprikosenkonfitüre serviert worden. Warum diese Speise nicht mehr in bewährter österreichischer Tradition als Palatschinken mit Marillenmarmelade angeboten wurde, wusste der Teufel.

»Von uns würde doch nie jemand die Gäste im Ort, und schon gar nicht die deutschen Urlauber beleidigen«, wandte Wallner ein. »Wir sind doch auf sie angewiesen. Mit einer Aktion wie dieser würden wir uns nur selbst schaden. Wenn Sie meine Meinung hören wollen, dann waren das Jugendliche, denen der Alkohol zu Kopf gestiegen ist.«

»Aber nicht unsere brave Tiroler Jugend«, ergänzte Löckl,

»sondern die Kinder unserer werten Gäste. Sie müssten einmal mitbekommen, was sich am frühen Morgen bei der Almhüttendisco abspielt. Dort finden Sie kaum einen Jugendlichen, der sich noch einigermaßen auf den Beinen halten kann. Würde mich nicht wundern, wenn Sie dort auf Ihre Vandalen stoßen.«

»Die Kollegen von der örtlichen Polizei werden diesem Hinweis natürlich nachgehen«, beeilte sich Denk zu sagen. »Trotzdem würde ich gerne erfahren, wo Sie sich heute nach Mitternacht aufgehalten haben.«

Alle drei gaben an, um diese Zeit geschlafen zu haben. Allerdings konnte nur Löckls Frau die Angaben ihres Mannes bezeugen. Die beiden anderen lebten allein.

Denk entließ die drei Hoteliers mit der Bitte, sich zu seiner Verfügung zu halten. Dass betrunkene Jugendliche für diesen Vandalenakt verantwortlich zeichneten, war durchaus möglich. Auch ihm war schon zu Ohren gekommen, welche Exzesse sich in den frühen Morgenstunden in diesem beschaulichen Ort abspielten. Allerdings würde es schwer werden, die Täter auszuforschen. Er konnte nur hoffen, dass die kriminaltechnische Überprüfung der beschädigten Autos Hinweise auf die Verursacher lieferte. Ein Blick auf die Uhr zeigte ihm, dass es für die Wanderung auf den Isskogel noch nicht zu spät war. Als ihn ein deutscher Urlauber mit einem freundlichen »Juten Morjen« begrüßte, kam ihm plötzlich ein Verdacht, wer die Autos beschädigt haben könnte.

Wen verdächtigt Denk?

Lösung: 21. Rätsel-Krimi

Denk verdächtigt Wallner. Dieser sagt aus, niemand würde im Ort deutsche Urlauber beleidigen. Da Denk mit keinem Wort erwähnt hat, dass die Autos deutscher Urlauber mit Beleidigungen verunstaltet wurden, muss Wallner der Täter sein.

DER ÜBERFALL

Schon wieder war ein Supermarkt überfallen worden. Missmutig steckte Inspektor Denk das Handy in die Seitentasche seiner Jacke und machte kehrt. Eigentlich hatte er Feierabend, aber sein neuer Vorgesetzter scherte sich einen Dreck um geregelte Arbeitszeiten.

»Ein guter Polizist ist immer im Dienst«, hatte Hofrat Brückl bei seiner Antrittsrede verlautbart, und mit dem Hinweis, dass Beförderungen bei ihm nicht in Stein gemeißelt seien, allen deutlich zu verstehen gegeben, was Sache war, wenn man seinen Anordnungen nicht Folge leistete.

Zu allem Überdruss befand sich der Tatort in Kleinmünchen, was eine Anfahrtszeit von mindestens 20 Minuten bedeutete. Dieser Stadtteil lag im Süden von Linz und galt als absolute Problemzone. Ein hoher Ausländeranteil, überdurchschnittliche Arbeitslosigkeit und eine extreme Anhäufung von sozialen Randgruppen sorgten für eine gefährliche Melange, die sich nicht selten in Gewaltakten und Vandalismus entlud. Denks Schwester unterrichtete seit vielen Jahren an einer Schule in diesem Viertel. Viele der Jugendlichen, die ihr im Unterricht zusetzten, landeten Jahre später als ›Kunden‹ in seinem Büro. Obwohl die Stadtpolitiker immer wieder Besserung versprachen und finanzielle Mittel in Aussicht stellten, um die Probleme, die in diesem Stadtteil herrschten, in den Griff zu bekommen, passierte das genaue Gegenteil. Sozialarbeiterstellen wurden gestrichen, Wachposten zugesperrt oder personell ausgedünnt und die Bevölkerung letztlich sich selbst überlassen, was zur Folge hatte, dass das Viertel immer mehr verkam und längst die Spitzenposition in der jährlichen Verbrechensstatistik einnahm. Trotzdem glaubte Denk nicht, dass der Überfall auf den Laden etwas mit der Lage des Geschäftes zu tun hatte, denn seit dem Sommer waren acht Supermärkte in Linz überfallen worden, wobei der Täter immer nach der gleichen Methode vorgegangen war. Er betrat kurz vor Geschäftsschluss den Laden und verbarg sich, bis der Supermarkt geschlossen wurde. Kaum war dies geschehen, überwältigte er die Angestellten, fesselte sie und machte sich mit der Tageslosung aus dem Staub. Allein im September waren vier Überfälle dieser Art verübt worden, und sie hatten noch immer keine einzige Spur. Offensichtlich handelte es sich bei dem Täter um einen absoluten Profi, dem keine Fehler unterliefen.

Schon von Weitem erblickte Denk den Notarztwagen, der vor dem Geschäftseingang abgestellt worden war. Bisher waren die Überfälle immer gewaltfrei über die Bühne gegangen. Dieses Mal schien das nicht der Fall gewesen zu sein. Er wandte sich an den Beamten, der vor dem Gebäude Stellung bezogen hatte, und erkundigte sich, ob jemand verletzt worden sei.

»Soviel ich weiß, ist der Geschäftsführer niedergeschlagen worden. Aber er ist schon wieder auf den Beinen.«

Denk betrat den Laden und erblickte seinen Assistenten, der sich mit einer zierlichen Frau unterhielt, die auf einem Stuhl hinter einer der Kassen Platz genommen hatte.

»Das ist Frau Kratochwil. Sie arbeitet hier als Kassiererin.«

»Und der Geschäftsführer?«

»Der ist in seinem Büro und wird vom Notarzt versorgt.« Er wies mit der Hand nach hinten. Denk sah hinter einer Glasfront einen Mann mit einer riesigen Beule mitten auf der Stirn. Der Arzt beugte sich gerade über ihn, um die Verletzung zu begutachten.

»Da Ihr Chef noch nicht zur Verfügung steht, werde ich mich zunächst mit Ihnen unterhalten, Frau Kratochwil. Können Sie mir erzählen, was vorgefallen ist?«

»Ich fürchte, ich bin Ihnen keine große Hilfe«, erwiderte sie. »Außerdem habe ich alles schon Ihrem Kollegen gesagt.«

»Trotzdem würde ich Sie ersuchen, mir noch einmal zu berichten, was passiert ist. Jede Kleinigkeit kann von Bedeutung sein.«

»Also, es war ungefähr 19.15 Uhr. Herr Lettner hat wie jeden Tag nach Geschäftsschluss das Restgeld aus den Kassen geholt und wollte die Tageslosung zur Bank bringen.«

»Aber die Banken haben um diese Zeit schon geschlossen«, unterbrach Denk sie.

»Vielleicht habe ich mich falsch ausgedrückt. Er gibt die Tageslosung in diese Geldbomben. Die wirft er dann in den Nachttresor der Bank. Er war vielleicht drei Minuten weg, da höre ich ein Geräusch hinter mir. Ich denke mir, er hat etwas vergessen, und will mich umdrehen. Plötzlich stülpt mir jemand eine Einkaufstasche über den Kopf. Als ich zu schreien beginne, zieht der Unbekannte die Tasche so fest zusammen, dass ich keine Luft mehr bekomme und zu ersticken glaube. Mir wird schwarz vor Augen und ich gehe zu Boden. Ich spüre, wie der Mann meine Füße und Hände mit einem Klebeband umwickelt. Dann höre ich ihn davonlaufen, aber ich wage es nicht mehr zu schreien, weil ich Angst habe, dass er zurückkommt und mir noch einmal die Luft raubt. Eine Ewigkeit vergeht, bis mich Herr Lettner von den Fesseln und dem Sack befreit.«

»Können Sie uns irgendetwas über den Täter sagen?«

Frau Kratochwil schüttelte den Kopf. »Ich weiß nur, dass er um einiges größer als ich gewesen sein muss, sonst hätte er mir nicht so leicht die Einkaufstasche über den Kopf ziehen können.«

Denk bedankte sich bei der Frau für die Hilfe und begab sich in das Büro des Geschäftsführers. Der Notarzt war gerade beim Zusammenpacken.

»Und?«, erkundigte sich der Inspektor. »Halb so schlimm«, gab der Mediziner Auskunft. »Eine leichte Gehirnerschütterung. Das ist alles.«

Denk wandte sich an Herrn Lettner. »Sind Sie in der Lage ein paar Fragen zu beantworten?«

Der Mann nickte, wobei er das Gesicht vor Schmerzen verzog.

»Dann schildern Sie mir bitte, was sich zugetragen hat!«

»Nachdem ich die Tür verriegelt habe, habe ich das Restgeld aus den Kassen geholt und gemeinsam mit dem Geld, das sich im Tresor befand, in die Bomben gestopft, um diese zur Bank zu bringen.«

»Ist das nicht zu gefährlich? Warum lassen Sie das Geld nicht einfach im Safe?«

Herr Lettner zuckte mit den Achseln. »Anordnung der Direktion! Unser Tresor ist viel zu unsicher. Ein Profi hat den im Handumdrehen offen. Außerdem befindet sich die Bank auf der anderen Straßenseite, nur ein paar Schritte entfernt.«

»Erzählen Sie bitte weiter!«

»Ich habe die vier Geldbomben in meine Aktentasche geschlichtet und wollte sie – wie schon erwähnt – zur Bank bringen. Dazu benutze ich immer den Hinterausgang. Dorthin gelangt man über den Flur, in dem sich auch die Kundentoilette befindet. Ich öffne die Tür und betätige den Lichtschalter, aber das Licht funktioniert nicht. Im Gang ist es stockdunkel. Ich gehe trotzdem, sind ja nur ein paar Schritte. Ich denke mir noch, das muss ich morgen unbedingt herrichten. Plötzlich höre ich, wie eine Tür geöffnet wird. Ich komme nicht einmal mehr dazu, mich umzudrehen, sondern werde von hinten niedergeschlagen. Als ich wieder zu mir komme, habe ich furchtbare Kopfschmerzen und bin an Händen und Füßen gefesselt. Mit letzter Kraft gelingt es mir, das Klebeband an einer der Mauerkanten aufzureißen. Ich taumle ins

Geschäft und sehe Frau Kratochwil auf dem Boden liegen. Den Rest kennen Sie ja.«

»Können Sie uns den Täter beschreiben?«

»Beim besten Willen nicht. Das ging alles viel zu schnell.«

Denk warf einen Blick auf den Mann. Ihm entging nicht, dass dieser kurz vor einem Zusammenbruch stand. Aber ihm fiel noch etwas anderes auf.

»Herr Lettner, Sie könnten uns viel Mühe ersparen, wenn Sie uns verraten, wo Sie die Geldbomben versteckt haben.«

Was veranlasst Inspektor Denk zu der Vermutung, dass der Geschäftsführer den Überfall nur vorgetäuscht hat?

Lösung: 22. Rätsel-Krimi

Der Geschäftsführer, Herr Lettner, hat eine Beule mitten auf der Stirn. Wäre er, wie er selbst aussagt, von hinten niedergeschlagen worden, müsste er eine Verletzung am Hinterkopf aufweisen. Vermutlich hat er sich die Verletzung selbst zugefügt, um einen Überfall vorzutäuschen.

BLACK JACK

Mordalarm! Zwei Spaziergänger hatten einen Toten in den Donauauen bei Steyregg gefunden. Denk erhob sich ächzend und warf seinem Assistenten den Autoschlüssel zu. Drei Minuten später fuhren sie auf der Donau-Bundesstraße durch das Werksgelände jenes Stahlwerks, dem Linz seinen Reichtum und seine schlechte Luft verdankte. Aus den Schloten der Hochöfen drangen graue Rauchwolken und türmten sich Hunderte Meter hoch in den Himmel. Denk schlug die Hand vor Mund und Nase und hielt den Atem an. Laut den Medienberichten der Firmenleitung handelte es sich bei den Emissionen nur um unschädlichen Wasserdampf. Aber der Geruch, der in der Luft lag und augenblicklich ein unangenehmes Kratzen im Hals hervorrief, entlarvte diese Aussage als Lügen. Erst nachdem sie die Steyregger Brücke passiert hatten, verflüchtigte sich der Gestank ein wenig und ließ sie freier atmen. Kurz vor Abwinden parkten mehrere Einsatzwagen am Straßenrand.

»Auch das noch!«, fluchte Denk. Offensichtlich lag der Tatort mitten in der Au und war nur zu Fuß zu erreichen. Obwohl es noch nicht einmal 10 Uhr war, herrschte Sahara-Hitze. Schon nach wenigen Schritten klebte sein Hemd am schweißnassen Körper. Tausende Insekten schwirrten über ihren Köpfen und versuchten, ihre Blutgier zu stillen. Die Steyregger Auen galten als Eldorado für Spaziergänger und Radfahrer, die dem Lärm und der Hektik der Großstadt entfliehen wollten. Ehrlich gestanden, verstand Denk nicht, wie man sich freiwillig in diese Hölle begeben konnte.

Nach zehn Minuten Fußmarsch erblickten sie auf einer kleinen Lichtung die Männer der kriminaltechnischen Abteilung. Der Gerichtsmediziner zog gerade einen schwarzen Müllsack vom Kopf des Leichnams. Denk wusste sofort, wen er vor sich liegen hatte. Es handelte sich um Johann Schwarz, alias Black Jack, den unumschränkten Potentaten der Linzer Spielhöllen. Obwohl das mit dem ›unumschränkt‹ nicht mehr ganz stimmte. Seit geraumer Zeit herrschte in der Szene ein Kampf um nicht zu sagen Krieg, um die besten Standplätze. Durchaus möglich, dass Schwarz ein Opfer dieser Auseinandersetzungen geworden war.

Eine Vermutung, die auch der erste Befund des Mediziners nahelegte.

»Schuss in den Hinterkopf. Aus kurzer Distanz abgegeben. Wenn du mich fragst, war das eine regelrechte Hinrichtung.«

Vor drei Tagen hatte Frau Schwarz ihren Mann als vermisst gemeldet. Er war nach einer nächtlichen Tour durch sein Imperium nicht mehr nach Hause zurückgekehrt.

Nun oblag es Denk, die Frau des Toten vom tragischen Schicksal ihres Gemahls in Kenntnis zu setzen.

»Ich habe sofort gewusst, dass ihm etwas zugestoßen ist«, schluchzte Ilona Schwarz. »Er wäre nie von zu Hause weggeblieben, ohne mich vorher zu benachrichtigen.«

»Haben Sie eine Ahnung, wer das Ihrem Mann angetan haben könnte?«

»Das kann nur Jankovic gewesen sein«, kam ihr Walter Roth, der Geschäftsführer des Mordopfers, zuvor. »Seit Monaten macht uns Jankovic das Leben zur Hölle. Er lässt unsere Mitarbeiter zusammenschlagen, schüchtert unsere Kunden ein, und der Brandanschlag auf unser Casino in der Ludlgasse geht sicher auch auf sein Konto.«

»War doch klar, dass es einmal so kommen musste«, ereiferte sich Lukas Schwarz, der Bruder des Toten. »Unzählige Male habe ich Johann gewarnt, die Finger von diesem schmutzigen Geschäft zu lassen. Aber nein, der Herr Bruder hat es ja immer besser gewusst.«

»Und einen Haufen Kohle damit verdient, was man von dir nicht gerade behaupten kann«, höhnte Roth.

»Dafür bin ich noch am Leben«, konterte Lukas Schwarz. »Das ist mehr wert als die paar Kröten, die Jack mit seinen Machenschaften angehäuft hat.«

»Frau Schwarz, Sie haben angegeben, dass Ihr Mann am Mittwoch gegen 22 Uhr das Haus verlassen hat«, setzte Denk die Befragung fort, ehe der Streit eskalieren konnte. »War das üblich, dass er so spät außer Haus ging?«

»Das hat er jeden Abend so gehandhabt. Er hat seinen Spielsalons einen Besuch abgestattet, um nach dem Rechten zu sehen.«

»Haben Sie Herrn Schwarz an diesem Abend auch noch getroffen?«, wandte sich Denk an Roth.

Dieser nickte. »Das war kurz nach Mitternacht. Das ›Las Vegas‹ war immer die letzte Filiale, die er aufgesucht hat. Wir haben ein Bier getrunken, dann ist er nach Hause gegangen.«

»Und was haben Sie gemacht, nachdem Herr Schwarz aufgebrochen war?«

»Ich habe das Geld in den Tresor gesperrt und alles für den nächsten Tag vorbereitet. Dann bin ich selbst heimgefahren.«

»Wer's glaubt, wird selig«, fiel ihm Lukas Schwarz ins Wort. »Höchstwahrscheinlich bist du ihm nachgeschlichen und hast ihn feige von hinten erschossen.«

»Wie kommen Sie darauf?«, wollte Denk wissen.

»Weil er mit meiner Schwägerin ein Verhältnis hat und so an den Besitz meines Bruders gekommen wäre.«

»Geh mir sofort aus den Augen!«, fauchte Ilona Schwarz ihren Schwager an. »Du bist ja nur eifersüchtig, weil dich Jack aus seinem Testament streichen wollte.«

»Aber … Niemals hätte Johann das gemacht.«

»Von wegen!«, konnte sich Roth nicht mehr zurückhalten. »Du weißt ja gar nicht, wie lästig ihm war, dass du ihn ständig angepumpt hast.«

»Herr Schwarz, wo waren Sie eigentlich zur fraglichen Zeit?«, hakte Denk nach.

»Ich war zu Hause im Bett, wie sich das für einen rechtschaffenen Bürger gehört.«

»Gibt es dafür Zeugen?« Er schüttelte den Kopf.

»Schönes Alibi«, spottete Roth.

»Und wie ist das bei Ihnen?«

»Ich war kurz nach eins daheim.«

»Kann das jemand bestätigen?«

»Leider nein«, gab Roth zu. »Aber ich glaube, Sie vergeuden Ihre Zeit. Johanns Bruder ist ein viel zu großer Waschlappen, als dass er zu solch einer Tat fähig wäre. Ich würde mich eher an Jankovic halten. Der schreckt vor nichts zurück, wenn es ums Geschäft geht.«

»Das werde ich auch tun, allerdings bin ich mit Ihnen noch nicht fertig. Wir sehen uns morgen im Präsidium. Punkt neun. In der Zwischenzeit ersuche ich Sie, die Stadt nicht zu verlassen und sich zu unserer Verfügung zu halten.«

Jankovics Etablissement lag im Neustadtviertel. Obwohl sich dieser Stadtteil im Zentrum von Linz befand und aufgrund dieser guten Lage die Grundstückspreise in den letzten Jahren in die Höhe geklettert waren, gelang es nicht, die unzähligen Spielsalons, Animierlokale und anrüchigen Bars zu bannen. Wer nicht musste, mied diese Gegend, sobald es dunkel war. Jankovic war für Denk kein unbeschriebenes Blatt. Er galt als äußerst skrupellos und war mehrmals wegen Körperverletzung und Nötigung vor Gericht gestanden. Allerdings war es ihm immer wieder gelungen, den Kopf aus der Schlinge zu ziehen. Doch dieses Mal, schwor sich Denk, würde er ihnen nicht durch die Lappen gehen, sollte er etwas mit diesem abscheulichen Mord zu tun haben.

»Schwarz tot? Das tut mir leid«, meinte Jankovic, als er erfuhr, was seinem Kontrahenten widerfahren war. »Wissen Sie, ich habe ihn für das, was er sich im Laufe der Jahre aufgebaut hat, aufrichtig bewundert. Das muss man erst einmal zustande bringen.«

»Und Sie haben mit seinem Tod nichts zu tun?«

»Sicher nicht!«, empörte er sich. »Natürlich waren wir Konkurrenten, und ich habe mit allen legalen oder – um ehrlich zu sein – gelegentlich auch etwas unlauteren Mitteln versucht, ihm sein Imperium streitig zu machen. Aber jemanden deswegen umbringen, das ist sicher nicht mein Stil. Sie wissen ja gar nicht, wie umkämpft unser Geschäft ist. Jeder hofft, mit Spielautomaten das schnelle Geld zu machen. Im Vergleich zu den Mitarbeitern der albanischen Mafia oder der asiatischen Triaden, die sich seit geraumer Zeit hier breitzumachen versuchen, war Jack ein geradezu angenehmer Widersacher. Wenn Sie einen Tipp wollen, dann würde ich mich bei der Suche nach dem Täter eher auf diese Kreise konzentrieren.«

»Sie haben sicher ein Alibi für die Nacht zwischen Mittwoch und Donnerstag?«, fragte Denk mehr der Form halber, weil ihm klar war, dass sich Jankovic ohnehin nie selbst die Hände schmutzig machen würde, sondern genügend Kerle hatte, die für ihn die Drecksarbeit erledigten.

»Das habe ich tatsächlich«, bestätigte Jankovic. »Ich war im Ausland und dafür gibt es jede Menge Zeugen. Wenn Sie die Namen brauchen, kein Problem!«

»Ich bitte darum«, erwiderte Denk. Jankovic erhob sich und verschwand in einem Hinterzimmer. Denk schaute ihm nach. Da fiel sein Blick auf einen Black-Jack-Spielautomaten, und plötzlich wusste er, was er übersehen hatte.

Was hat Denk übersehen? Wer ist der Täter?

Lösung: 23. Rätsel-Krimi

Denk verdächtigt Lukas Schwarz, den eigenen Bruder getötet zu haben. Dieser beschuldigt Walter Roth, seinem Bruder nachgeschlichen zu sein und ihn hinterrücks erschossen zu haben, obwohl Denk mit keinem Wort erwähnt hat, wie der Mord ausgeführt worden ist.

EIN EDLER TROPFEN

»Das nenne ich einen Tropfen«, schwärmte Hans. Er hob das Glas und hielt es gegen das Licht. »Purpurrot mit dunklem Kern. Wie es sich für einen großen Zweigelt gehört.« Er schwenkte das Glas und nahm einen kleinen Schluck. Genießerisch schloss er die Augen und machte dabei schmatzende Geräusche. »Was für ein Abgang! Dazu diese würzige Note. Schmeckst du die reifen Beeren und den Hauch an Gewürznelken? Einfach grandios.«

Denk warf seinem Freund einen anerkennenden Blick zu. »Ich habe gar nicht gewusst, dass du so ein Weinkenner bist.«

»Man tut, was man kann«, murmelte Hans verlegen. »Schließlich will man ja nicht die Katze im Sack kaufen.«

Denk griff nach der Weinkarte, die sein Freund vor sich liegen hatte, und studierte sie. Plötzlich brach er in lautes Lachen aus. »Von wegen Weinkenner!« Auf der Karte fanden sich genau die Worte, die Hans zur Beschreibung des Weines verwendet hatte. Als Denk sah, wie viel der Wein kostete, stieß er einen leisen Pfiff aus. »25 Euro pro Flasche. Bei dem Preis muss er ja schmecken. Dafür bekomme ich einen ganzen Karton bei dem Winzer, den wir vorher besucht haben.«

»Trotzdem«, insistierte Hans. »Das hat schon Stil, wenn man seinen Gästen einmal einen Wein dieser Güte vorsetzen kann.«

Eigentlich trank Denk lieber Bier und konnte einen Zweigelt nicht von einem St. Laurent unterscheiden, aber er hatte sich zu diesem Ausflug ins Burgenland überreden lassen, weil er sich in letzter Zeit etwas ausgebrannt fühlte.

Sie nächtigten in der ›Roten Traube‹ in Rust, einer kleinen Pension mit fünf Zimmern, die schon einmal bessere Zeiten gesehen hatte. Angesichts der Baufälligkeit der Orte, die sie bei ihrer Anreise passiert hatten, wunderte ihn nicht, dass die Europäische Union das Burgenland zum ›Ziel 1 – Fördergebiet‹ erklärt hatte. Wohin jedoch die über 600 Millionen Euro an Fördergeldern geflossen waren, offenbarte sich ihm nicht. Jedenfalls nicht hierher. Immerhin konnte er jetzt verstehen, warum sich hier manche bis zur Besinnungslosigkeit betranken. Anders war diese Tristesse nicht zu ertragen.

Das hatten sie zwar nicht vor, aber als Hans sechs Flaschen des ›Zweigelt vom See‹ erstand und dafür stolze 150 Euro hinblätterte, glaubte Denk, dass seinem Freund der Wein zu Kopf gestiegen sein musste.

»Und den schleppst du jetzt die ganze Zeit mit dir herum?«

»Genau, und zwar in dieser Tasche! Dafür habe ich sie ja mitgenommen. Und ich werde sie wie einen Schatz hüten, dessen kannst du sicher sein.«

Kurz nach Mitternacht kehrten sie zur ›Roten Traube‹ zurück. Im Frühstücksraum ging es hoch her. Dort saßen drei Männer und forderten sie lautstark auf, ein Glas mit ihnen zu trinken. Das ließ sich Hans nicht zweimal sagen. Er deponierte seine Tasche hinter dem Tresen der Rezeption, fasste Denk unter und wankte mit ihm im Schlepptau zu den Männern, bei denen es sich ebenfalls um Gäste der Pension handelte. Sie hatten kurzerhand ihre Frauen schlafen geschickt, um sich noch ein paar Gläschen zu genehmigen.

Ein Klopfen ließ Denk hochschrecken. Er setzte sich auf und blickte sich verwirrt um. Sein Kopf fühlte sich wie eine Wassermelone an, die gerade in einem Schraubstock zerquetscht wurde. Es dauerte eine Weile, bis ihm dämmerte, wo er sich befand, aber er hatte keine Ahnung, wann und wie er in sein Bett gelangt war.

Er wollte sich gerade wieder niederlegen, als er neuerlich das Klopfen und die Stimme seines Freundes vernahm. »Kurt, aufwachen! Ich brauche deine Hilfe.«

Stöhnend erhob er sich und wankte zur Tür. »Was willst du in dieser Herrgottsfrühe?«

»Du musst sofort kommen. Ich bin bestohlen worden. Der Wein, den ich gestern in der Rezeption deponiert habe, ist verschwunden.«

»Vielleicht war die Tasche im Weg und unsere Vermieterin hat sie weggestellt.«

»Hat sie nicht. Sie behauptet, dass die Tasche leer war, als sie um sechs Uhr nach unten gekommen ist. Ich sage dir: Einer von den drei Typen, mit denen wir gestern hier gezecht haben, muss den Wein gestohlen haben.«

»Und was soll ich jetzt machen?«

»Herausfinden, wer es war! Dir als Inspektor wird schon etwas einfallen.«

Als sie nach unten gingen, sahen sie die drei vor der Tür stehen.

»Eine Frage«, wandte Denk sich an sie. »Mein Freund hat gestern bei unserer Rückkehr seinen Wein an der Rezeption hinterlegt. Als er ihn vorher holen wollte, war die Tasche, in der er ihn verstaut hatte, leer. Ist euch etwas aufgefallen?«

»Etwas aufgefallen?«, wiederholte einer. »Ehrlich gestanden, kann ich mich an nichts mehr erinnern. Ich bin froh, dass ich im richtigen Zimmer gelandet bin.«

»Mir geht es genauso. Ich war voll wie eine Haubitze.«

Der dritte, ein gewisser Alfons, starrte Denk mit blutunterlaufenen Augen zornig an. »Höre ich da heraus, dass ihr einen von uns verdächtigt, den Wein gestohlen zu haben?«

Denk hob beschwichtigend die Hände. »Überhaupt nicht. Wir wollen nur in Erfahrung bringen, ob ihr etwas gesehen habt.«

»Habt ihr etwas gesehen?«, erkundigte sich Alfons bei seinen Kumpanen. Diese schüttelten den Kopf. »Ich auch nicht. Und damit Ende der Diskussion. Das müssen wir uns nicht bieten lassen. Aber wenn ihr es genau wissen wollt, wir haben ein perfektes Alibi. Wir sind nämlich gemeinsam aufgebrochen.«

»Wir zwei zumindest. Rolf hat noch eine Zigarette vor der Tür geraucht.«

»Du bist mir ein schöner Freund«, empörte sich dieser. »Keine Ahnung, was ich gestern noch gemacht habe, aber ich wasche meine Hände in Unschuld, ich trinke nämlich nur Weißwein, wie ihr vielleicht bemerkt habt.«

Denk nickte, obwohl er sich nicht daran erinnern konnte. »Euch ist also nichts aufgefallen?«, erkundigte er sich noch einmal.

»Nicht, dass ich wüsste«, erwiderte Rolf. »An deiner Stelle würde ich jedoch unsere Vermieterin einmal genauer unter die Lupe nehmen. Die schaut so aus, als ob sie ein kleines Zubrot dringend nötig hätte.«

»Und was machen wir jetzt?«, jammerte Hans, nachdem ihnen die drei den Rücken gekehrt hatten. Denk zuckte mit den Achseln. »Ich glaube, deinen Wein kannst du in den Wind schreiben.«

»Bist du verrückt? Der Zweigelt hat mich ein kleines Vermögen gekostet. Ich erwarte von dir, dass du eine Durchsuchung der Autos durchführst, ehe die drei abreisen.«

»Als ob das so einfach ginge«, erwiderte Denk gelassen. »Aber ich kann dich beruhigen, ich habe so eine Ahnung, wer deinen Roten gestohlen haben könnte.«

Wen verdächtigt Denk? Wodurch hat sich der Täter verraten?

Lösung: 24. Rätsel-Krimi

Denk verdächtigt Rolf. Dieser betont, dass er mit dem Verschwinden des Weines nichts zu tun haben kann, weil er nur Weißwein trinkt. Mit dieser Aussage verrät er sich, denn dass sich in der Tasche kein Weißwein befunden hat, kann er nur wissen, wenn er den Wein an sich genommen hat.

DER MÖRDER IST IMMER DER GÄRTNER

Denk begab sich auf die Rückseite der Villa und blieb fasziniert stehen. Der Park, der sich vor ihm ausbreitete, hatte gigantische Ausmaße. Alles schien nach einem geometrischen Muster geordnet. Die Wege waren mit weißem Kies bedeckt und führten zu einem künstlich angelegten See, auf dem unzählige Seerosen sanft im Wind wogten. Am rechten Ufer wucherte eine imposante Rosenhecke. Aus der Ferne wirkte sie wie eine offene Wunde, deren Blut sich über den englischen Rasen ergoss.

Was für eine Idylle! Wären nicht die Männer der kriminaltechnischen Abteilung gewesen, die im Park ausgeschwärmt waren, um Spuren zu sichern. Vor einem Laubhaufen kniete der Gerichtsmediziner. Erst als Denk näherkam, bemerkte er den Leichnam unter den welken Blättern. Bei der Toten handelte sich um Lisa Potz, eine steinreiche Industriellenwitwe.

»Sie wurde mit einem spitzen Gegenstand erschlagen«, konstatierte Sedlacek. »Ist noch gar nicht so lange her. Höchstens drei Stunden.«

»Wer hat den Leichnam entdeckt?«

»Ihr Sohn, als er am Morgen mit dem Hund spazieren ging«, gab ein Beamter Auskunft.

»Wohnt der Sohn auch in der Villa?«

Der Kollege nickte. »Außerdem seine Schwester und deren Ehemann.«

»Habt ihr sonst noch etwas herausgefunden?«

»Park und Villa sind mit einer Alarmanlage gesichert, allerdings ist kein Alarm ausgelöst worden, was nur bedeuten kann …«

»Dass der Täter eine Zugangsberechtigung hat.«

»Oder im Haus wohnt«, ergänzte der Beamte. »Die Kinder der Toten warten übrigens dort auf ihre Befragung.«

Ein Dienstmädchen führte Denk in den Salon, wo ein Mann unruhig auf und ab ging.

»Sie haben also die Tote gefunden?«

Der Angesprochene schüttelte den Kopf und reichte Denk die Hand. »Gestatten, Alfons Frank! Sie müssen augenblicklich mit mir vorlieb nehmen. Mein Schwager telefoniert gerade mit unserem Anwalt.«

»Die Tat dürfte vor etwa drei Stunden verübt worden sein. Ist Ihnen irgendetwas Verdächtiges aufgefallen?«

»Überhaupt nicht! Aber ich schlafe wie ein Murmeltier, außerdem befindet sich unser Schlafzimmer auf der Vorderseite der Villa.«

»Gibt es jemanden, der einen Grund hatte, Ihre Schwiegermutter zu töten?«

Frank lachte gekünstelt. »Ich denke, Sie werden niemanden finden unter ihren Verwandten, Angestellten und Geschäftspartnern, der nicht Mordgedanken gegen sie hegte.«

»Sie auch?«

Er nickte. »Mehr als einmal, aber darüber nachdenken ist ja nicht strafbar.«

»Und Ihr Schwager?«

»Der erst recht. Er stand kurz davor, von seiner Mutter enterbt zu werden …«

»Danke, dass du mich bei der Polizei denunzierst«, ertönte eine Stimme. Ein elegant gekleideter Mann stand in der Tür und funkelte sie böse an.

»Und hast du schon erzählt, dass du eine halbe Million Euro in den Sand gesetzt hast und sie dich wegen Betrugs anzeigen wollte, wenn du nicht bis heute alles auf Heller und Pfennig zurückerstattest?«

»Das hätte sie nie gewagt«, fauchte Frank zurück.

»Und warum wollte Ihre Mutter Sie enterben?«, erkundigte sich Denk bei Ralf Potz.

»Ich wollte den Betrieb modernisieren. Als sie nicht zustimmte, habe ich auf eigene Faust gehandelt. Das ist ihr gegen den Strich gegangen.«

»Dass ich nicht lache!«, höhnte Frank. »Weiß doch jeder, dass du vom Geschäft keine Ahnung hast.«

Bevor sich Potz auf seinen Schwager stürzen konnte, ging Denk dazwischen. »Herr Frank, ich würde auch gerne mit Ihrer Frau sprechen. Wo ist sie eigentlich?«

»Das Ganze hat ihr sehr zugesetzt. Sie hat eine Beruhigungstablette genommen und sich wieder niedergelegt.«

»Dennoch würde ich Sie ersuchen, sie zu wecken, damit ich sie befragen kann.« Nachdem Frank den Raum verlassen hatte, wandte sich Denk wieder an Potz. »Sie können mir sicher sagen, was Ihre Mutter so früh im Garten gemacht hat.«

»Sie war eine Frühaufsteherin und ist jeden Morgen im Park spazieren gegangen.«

»Wo waren Sie eigentlich gegen 6 Uhr?«

»Im Bett. Leider kann das niemand bezeugen, ich lebe nämlich allein. Kurz vor acht ist mein Hund unruhig geworden, worauf ich mit ihm nach draußen gegangen bin. Dabei habe ich meine Mutter entdeckt. Mehr kann ich dazu nicht sagen.«

Lena Frank wartete bereits vor dem Salon auf ihre Befragung. Sie machte einen erbarmungswürdigen Eindruck. Offensichtlich war sie die einzige Person in der Familie, die der Tod von Lisa Potz nicht gleichgültig ließ.

»Wie war eigentlich Ihr Verhältnis zu Ihrer Mutter?«, erkundigte sich Denk.

»Ich habe mir immer Mühe gegeben, mit ihr gut auszukommen, was nicht so einfach war. Mich hat natürlich gestört, dass sie meinen Mann so ungerecht behandelt hat, und ich habe versucht, auf sie einzuwirken, um die Dinge nicht eskalieren zu lassen.«

»Mit Erfolg?«

»Mit mäßigem Erfolg. Im Grunde ihres Herzens war sie jedoch ein guter Mensch. Ich glaube nicht wirklich, dass sie die Drohungen gegen Alfons und meinen Bruder in die Tat umgesetzt hätte.«

»Ist Ihnen heute Morgen etwas Verdächtiges aufgefallen?«

Sie senkte den Blick. »Ich möchte niemanden zu Unrecht beschuldigen.«

»Es geht um Mord. Also, heraus mit der Sprache!«

»Ich habe gestern einen heftigen Streit zwischen Albert, unserem Gärtner, und meiner Mutter miterleben müssen.«

»Worum ging es dabei?«

»Mutter hat ihm vorgeworfen, dass er sich nicht genügend um den Park kümmert, und ihm angedroht, ihn zu entlassen. Darauf hat er sie angeschrien, dass ihr das noch leidtun wird, und auf der Stelle gekündigt.«

»Und trauen Sie dem Mann eine Tat wie diese zu?«

»Eigentlich nicht, aber ich bin heute Früh durch ein Geräusch geweckt worden. Ich habe aus dem Fenster geschaut und gesehen, dass eine Gestalt durch den Garten geschlichen ist und sich am Geräteschuppen zu schaffen gemacht hat.«

»Und wie kommen Sie darauf, dass es sich dabei um diesen Albert gehandelt hat?«

»Weil der Mann genauso groß und hager wie unser Gärtner war.«

Denk bedankte sich bei Frau Frank und begab sich mit einem der Kriminaltechniker zum Geräteschuppen, der unweit der imposanten Rosenhecke stand. Im Inneren fanden sie eine Harke, die eindeutig Blutspuren aufwies. Aber war der Mörder wirklich der Gärtner?

Wen verdächtigt Denk?

Lösung: 25. Rätsel-Krimi

Lena Frank kann nicht beobachtet haben, dass ein Mann zum Geräteschuppen geschlichen ist, weil ihr Schlafzimmer auf der Vorderseite der Villa liegt. Diese Lüge macht sie verdächtig.

DIE ÜBLICHEN VERDÄCHTIGEN

»Kurt, du musst sofort kommen! Das Geld, das ich gestern von meinem Konto abgehoben habe, ist gestohlen worden.«

»Bist du dir sicher, dass du es nicht wieder verlegt hast?«, fragte Denk vorsichtshalber nach. Erst vor einer Woche hatte ihn seine Tante zu sich gerufen, weil ihr angeblich ein Diamantring entwendet worden war. Nach stundenlanger Suche hatte ihn Denk schließlich im Obstkorb unter den Äpfeln und Pfirsichen entdeckt.

»Hundertprozentig! Und ich weiß auch, wer es an sich genommen hat. Es war Luise. Sie sitzt in meinem Wohnzimmer und lässt es sich wieder einmal auf meine Kosten gut gehen.«

Obwohl er eigentlich keine Zeit hatte, zögerte er keinen Augenblick, sich auf den Weg zu machen. Luise Stein war eine der letzten Bekannten, die seiner Tante noch geblieben war, nachdem sie alle anderen wegen irgendwelcher dubiosen Verdächtigungen so vor den Kopf gestoßen hatte, dass diese nichts mehr mit ihr zu tun haben wollten. Wenn sie nun auch noch Luise vergrämte, hatte sie überhaupt niemanden mehr und würde ihm noch mehr zur Last fallen.

Seine Tante öffnete ihm die Tür und zog ihn ins Schlafzimmer. Als er etwas sagen wollte, legte sie den Zeigefinger an die Lippen. »Sei etwas leiser! Wir wollen doch nicht, dass die Diebin mitbekommt, was hier los ist.«

»Zuerst eine Frage: Ist das Geld wirklich weg?«

Sie öffnete die oberste Lade einer Kommode und holte ein blaues Kuvert heraus, das unter den Büstenhaltern versteckt war.

»In diesem Kuvert habe ich 1.000 Euro aufbewahrt, und jetzt ist es leer.«

»Und wie kommst du darauf, dass deine beste Freundin das Geld genommen hat?«

»Weil sie ständig jammert, dass sie nicht das Auslangen findet, und mich um meine Hofratswitwenpension beneidet. Außerdem hatte sie die Gelegenheit dazu, weil sie allein in der Wohnung war, als ich vorher in die Konditorei gegangen bin, um etwas Süßes zu besorgen.«

»Und was ist mit Ilona?«, erkundigte sich Denk. Er hatte beim Eintreten die Putzfrau seiner Tante in der Küche den Boden wischen gesehen.

Sie machte eine wegwerfende Handbewegung.

»Ich kenne Ilona seit über drei Jahren. Sie wirft zwar ihr Geld zum Fenster hinaus, aber einen Diebstahl traue ich ihr nicht zu. Dazu kenne ich sie viel zu gut.«

»Und sonst war niemand während deiner Abwesenheit in der Wohnung?«

»Ilona hat mir erzählt, dass Julian kurz vorbeigeschaut hat, aber wieder gegangen ist, als er mich nicht angetroffen hat. Ihn kannst du vergessen, er würde sich nie an meinem Eigentum vergreifen.«

Da war sich Denk nicht so sicher. Der Sohn seiner Schwester war ständig in Geldnöten und besuchte die Großtante nur, um sein Taschengeld ein wenig aufzubessern. Sollte sich Luise Stein als unschuldig erweisen, würde er auch Julian einer Befragung unterziehen müssen.

Er beschloss, sich als Erstes mit Ilona zu unterhalten. Vielleicht war ihr ja etwas Verdächtiges aufgefallen.

»Ich hätte eine Frage«, unterbrach er sie bei ihrer Arbeit. »Haben Sie gesehen, ob Frau Stein während der Abwesenheit meiner Tante das Wohnzimmer verlassen hat?«

Sie warf ihm einen verschwörerischen Blick zu. »Sein etwas passiert?«

Denk zuckte mit den Schultern. »Meiner Tante ist angeblich Geld entwendet worden, als sie beim Konditor war.«

»Ich putzen, deshalb nicht alles sehen, aber ich nicht glauben. Tante ihre Freundin sein viel zu faul. Wenn einmal sitzen, Hintern nicht mehr hochheben, sondern sich bedienen lassen.«

»Ist Ihnen sonst irgendetwas Verdächtiges aufgefallen?«

»Neffe sein dagewesen. Obwohl ich ihm sagen, Tante sein nicht hier, er überall nachschauen. Auch in Schlafzimmer.«

Sie machte ihm ein Zeichen näher zu kommen. »Wenn mich fragen«, sagte sie so leise, dass er sie kaum verstand, »Neffe haben Geld aus Kuvert genommen. Ich schon öfter beobachten, wie er sich etwas einstecken, was ihm nicht gehört. Aber bitte kein Wort zu Tante. Sie anhimmeln den Jungen und werden furchtbar böse, wenn schlecht über ihn reden.«

Denk versprach, seiner Tante nichts zu sagen, und wandte sich dem Wohnzimmer zu, um Luise Stein zu befragen. In diesem Moment läutete es an der Tür. Es war sein Neffe. Er hielt einen riesigen Blumenstrauß in der Hand.

»Onkel Kurt, was machst du hier?«

»Das Gleiche könnte ich dich fragen.« Er zeigte auf die Blumen. »Hat jemand Geburtstag?«

»Aber nein. Ich wollte mich nur einmal bei meinem Tantchen bedanken, weil sie mir immer so großzügig unter die Arme greift.«

»Bei dir scheint ja der Reichtum ausgebrochen zu sein.«

»Reichtum nicht gerade, aber ich habe beim Pferderennen ein wenig Kleingeld gewonnen. Da kann man schon einmal etwas freigebiger sein.«

»Dann kannst du mir sicher sagen, auf welches Pferd du

gewettet …« Weiter kam er nicht, weil die Tante den Vorraum betrat.

»Julian, du sollst dich doch nicht wegen einer alten Frau wie mir in solche Unkosten stürzen!«, rief sie entzückt aus, als dieser ihr den Blumenstrauß überreichte.

Denk beschloss, die Befragung seines Neffen zu unterbrechen und sich mit Luise Stein zu unterhalten. Julian konnte er auch noch später auf den Zahn fühlen.

Die Freundin seiner Tante verstaute gerade etwas in ihrer Handtasche. Sie warf ihm einen erschrockenen Blick zu und drückte ihre Tasche nervös an sich. Er fackelte nicht lange und setzte sie von dem Diebstahl in Kenntnis.

»Und jetzt unterstellen Sie mir, dass ich etwas mit dieser Sache zu tun habe«, empörte sie sich. »Das ist eine Frechheit sondergleichen. Ich werde jetzt gehen und nie wiederkehren.«

Sie stand auf und drängte ihn zur Seite. Denk folgte ihr in den Flur, wo sich Julian und Ilona gerade von seiner Tante verabschiedeten. Wenn er jetzt nicht handelte, würde er nie herausfinden, wer den Diebstahl begangen hatte. Er baute sich vor der Tür auf, um die Verdächtigen am Gehen zu hindern. Doch plötzlich wurde ihm bewusst, dass das gar nicht mehr nötig war. Der Dieb hatte sich längst selbst verraten.

Wer hat den Diebstahl begangen? Wodurch hat sich der Dieb verraten?

Lösung: 26. Rätsel-Krimi

Denk verdächtigt Ilona. Sie hat Kenntnis davon, dass sich das Geld in einem Kuvert befunden hat. Das kann eigentlich nur der Dieb wissen.

AUS EINEM STRICH

»Kurt, ich bin betrogen worden. Wenn du mir nicht hilfst, bin ich verloren.«

Denk bedachte seinen Cousin mit einem kühlen Blick. Jörg besaß eine schicke Galerie in der Innenstadt und galt als anerkannter Kunstexperte. Ehrlich gestanden, konnte er ihn nicht sonderlich leiden, weil dieser ein eitler Geck war und sich für etwas Besseres hielt. Noch nie war Denk zu einer der glamourösen Vernissagen eingeladen worden, die sein Cousin für die Linzer Schickeria in seinen Ausstellungsräumen ausrichtete. Höchstwahrscheinlich wäre er auch nicht hingegangen. Small Talk war nicht unbedingt seine Stärke und auf die Kaviarbrötchen und den Champagner, der dort kredenzt wurde, konnte er liebend gern verzichten. Außerdem war es in seinem Beruf nicht unbedingt von Vorteil, wenn sein Konterfei ständig in den Klatschspalten der Regenbogenpresse abgebildet war. Trotzdem konnte er nicht verhehlen, dass ihn diese Missachtung auch ein wenig schmerzte, deshalb fiel seine Antwort eher reserviert aus.

»Dann solltest du dich an das Betrugsdezernat wenden und Anzeige erstatten.«

»Bist du verrückt? Wenn herauskommt, dass ich nicht in der Lage bin, eine Fälschung von einem echten Picasso zu unterscheiden, kann ich gleich zusperren.«

Ohne mit der Wimper zu zucken, hätte Denk den Ruin seines Cousins in Kauf genommen, aber dann hätte er seiner Tante nie mehr unter die Augen treten dürfen. Da er das nicht riskieren wollte, überwand er sich und forderte Jörg auf, ihm zu berichten, was geschehen war.

»Vor einem halben Jahr ist ein Kunde zu mir gekommen.

Ihm war ein Picasso angeboten worden und er wollte von mir eine Echtheitsexpertise. Bei dem Bild handelte es sich um einen Delfin, der aus einem Strich gezeichnet war. Nach eingehender Prüfung kam ich zu dem Schluss, dass es sich tatsächlich um einen echten Picasso handelte. Ich riet dem Kunden zum Kauf und bat ihn, dem Anbieter mitzuteilen, sich mit mir in Verbindung zu setzen, falls er noch weitere Objekte zu veräußern hätte. Kurz darauf erschien eine junge Frau in der Galerie und bot mir zwei weitere Zeichnungen aus einem Strich an. Da ich keinen Zweifel an der Echtheit hegte, schlug ich sofort zu. Vor zwei Monaten suchte mich die Frau wieder auf und legte mir ein Stillleben vor. Es zeigte einen Krug und eine Kerze. Ich war wie besessen von der Aussicht, ein Gemälde von Picasso erwerben zu können, und kratzte meine ganzen Ersparnisse zusammen.«

»Bist du nicht stutzig geworden, dass plötzlich so viele Bilder von Picasso auf dem Markt aufgetaucht sind?«

»Eigentlich nicht. Picassos Werk umfasst Zehntausende Objekte. Immer wieder tauchen unbekannte Bilder auf. Außerdem war das Stillleben perfekt. Die Körperlichkeit der Dinge und ihre Lage im Raum, der Formenrhythmus und die Pinselführung, all das legte Zeugnis davon ab, dass Picasso dieses Bild geschaffen haben musste. Vor einer Woche erschien die Frau zum dritten Mal in meiner Galerie und bot mir neuerlich ein Bild an. Auf den ersten Blick wieder ein echter Picasso, und trotzdem kamen mir erste Zweifel als ich die ›Die vier Musiker‹ vor mir liegen sah.«

»Weil es in Wirklichkeit nur drei sind!«, fiel ihm Denk ins Wort. Er hatte nicht viel Ahnung von Malerei, aber das wusste selbst er.

»So ist es! Jedenfalls bat ich einen befreundeten Gutachter, das Gemälde zu überprüfen. Das Ergebnis war niederschmetternd. Zwar war auch er der Meinung, dass es sich um einen echten Picasso handelt, aber die Beschaffenheit des Papiers und der Farbe belegen eindeutig, dass das Objekt erst einige Monate alt sein musste. Jedenfalls ist mein Ruf als Sachverständiger ruiniert, wenn nur eine Silbe von dieser Sache an die Öffentlichkeit dringt.«

Insgeheim lachte sich Denk ins Fäustchen, dass seinem Cousin ein Missgeschick wie dieses widerfahren war, trotzdem war dieser ein Mitglied seiner Familie, deshalb konnte er ihn nicht im Stich lassen.

Eigentlich gab es in Linz nur eine Person, der Fälschungen dieser Güte zuzutrauen waren. Karl ›Pieter‹ Lau. Den Spitznamen hatte Lau erhalten, weil seine Brueghels derart perfekt nachgemalt waren, dass diese nicht einmal ausgewiesene Experten von echten unterscheiden konnten.

Lau staunte nicht schlecht, als er Denk vor seiner Tür stehen sah.

»Herr Inspektor, was verschafft mir die Ehre?«

Denk kam gleich zur Sache. »In Linz sind gefälschte Bilder aufgetaucht. Da habe ich mir gedacht, ich schaue einmal bei dir vorbei.«

»Da sind Sie an der falschen Adresse«, empörte sich Lau. »Seit meiner Bekanntschaft mit den Graffitis in der Vollzugsanstalt Suben bin ich sauber.« Wie zum Beweis streckte er ihm die Hände entgegen, die voller Farbkleckse waren. Als er Denks zweifelnden Blick bemerkte, beeilte er sich zu sagen: »Nicht, was Sie denken! Malen ist für mich nur mehr Freizeitbeschäftigung. Darf man erfahren, um welche Bilder es sich handelt?«

»Picasso.«

Lau verzog angewidert das Gesicht. »Wollen Sie mich beleidigen? So etwas ist unter meiner Würde. Nehmen Sie diese Zeichnungen aus einem Strich. Das kann doch jedes Kind. Ich sage nur van Dyke, Rubens und van Craesbeeck.

Das ist wahre Kunst. Kennen Sie den ›Heiligen Hieronymus‹ von Marinus von Reymerswaeke. Ein Meisterwerk an weltentrückter Frömmigkeit. Und da kommen Sie mir mit Picasso! Vergleichen Sie einmal die sinnliche Glut der Farben und dieses berauschende Fortissimo des Lichts im ›Bauerntanz‹ meines hochverehrten Brueghel mit Picassos ›Vier Musikanten‹. Um dieses Machwerk herzustellen, genügen ein Zirkel, ein Lineal und der Wassermalkasten eines Schülers. Ein wenig handwerkliches Geschick und fertig ist die Kopie. Kein Vergleich mit der Kunstfertigkeit, die es erfordert, ein Gemälde der flämischen Meister zu kreieren.« Lau war ins Schwärmen geraten.

»Eigentlich wollte ich von dir nur erfahren, ob dir etwas über diese Fälschungen zu Ohren gekommen ist.«

»Wissen Sie, Herr Inspektor, leider macht die Globalisierung auch nicht vor meiner ehemaligen Branche halt. In China werden in riesigen Fälschungsfabriken Imitate von höchstem Niveau hergestellt und massenweise nach Europa und in die USA geschleust. Finden Sie die Importeure, dann können Sie zumindest den Handel für eine Weile unterbinden!«

Nachdenklich verließ Denk das Haus in der Bürgerstraße. Er würde nicht umhin können, die Kollegen vom Betrugsdezernat einzuschalten. Immerhin schien es hier um kriminelle Aktivitäten größeren Ausmaßes zu gehen.

Ein kalter Wind blies ihm ins Gesicht. Er blickte nach oben. Über den grauen Himmel jagten tiefschwarze Wolken. Es sah ganz danach aus, als ob es bald Schnee geben würde. Fröstelnd zog er den Mantelkragen hoch und setzte sich Richtung Landstraße in Bewegung.

In einer Geschäftspassage spielte ein Straßenmusiker lustlos ein Lied auf der Gitarre vor sich hin. Als Denk ihm eine Münze in das bereitgestellte Körbchen warf, erwachte der Künstler aus seiner Lethargie und intonierte mit lauter

Stimme ›The answer ist blowin in the wind‹. Aber war es wirklich so? Plötzlich wurde ihm bewusst, dass die Antwort viel näher lag. Wie immer kam es nur darauf an, richtig zuzuhören.

Was hat Denk überhört?

Lösung: 27. Rätsel-Krimi

Picassos Bild zeigt in Wirklichkeit nur drei Musikanten. Lau erwähnt jedoch vier Musikanten wie auf dem gefälschten Gemälde. Das legt den Schluss nahe, dass er etwas mit der Fälschung zu tun haben muss.

WIE IM BUCHE

Laufen war tot. Laufen, der vielgerühmte Autor und wortgewaltige Hüter des Wahren, Guten und Schönen. Inspektor Denk konnte es nicht fassen. Erst vor wenigen Monaten hatte er das letzte Werk des genialen Schriftstellers regelrecht verschlungen. Verschlungen wie alle anderen seiner Bücher auch. Vielleicht zählte der Roman nicht zu seinen besten, aber weit und breit war niemand in Sicht, der dem über 80-Jährigen das Wasser hätte reichen können. Und nun sollte der berühmteste Mitbürger der Stadt tot sein? Gerichtet von eigener Hand. Unvorstellbar.

Ehrfurchtsvoll betrat Denk das Arbeitszimmer des Dichters und begrüßte seinen Chef, der es sich angesichts der Berühmtheit des Opfers nicht hatte nehmen lassen, sofort zum Tatort zu eilen und die Ermittlungen zu leiten.

»Und weiß man schon, warum er es getan hat?«, erkundigte Denk sich bei seinem Vorgesetzten.

Dieser zuckte mit den Achseln und wies auf einen Computerausdruck, der vor dem Toten auf dem Schreibtisch lag. »Lies selbst!«

»Ich möchte dem Leiden mit Würde ein Ende setzen«, stand darauf zu lesen, »ehe es mir leidvoll ein würdeloses Ende setzt.«

Denk war erschüttert. »Leider ohne Unterschrift«, ergänzte sein Chef, »aber die Kriminaltechniker haben eindeutig nachweisen können, dass sich auf der Tastatur nur Laufens Fingerabdrücke befinden.«

Denk gab sich einen Ruck und trat ein paar Schritte vor. Der Anblick des Toten holte ihn endgültig in die Wirklichkeit zurück. Kein schöner Anblick! Laufen kauerte auf einem Stuhl vor seinem Schreibtisch und starrte mit weit aufgerissenen Augen in die Höhe. Die Schädeldecke war zerborsten. Sogar auf der gegenüberliegenden Wand fanden sich noch Blutspritzer. Die linke Hand ruhte auf der Schreibtischplatte, die rechte baumelte über die Lehne hinab. Die Rolex, die Laufen am rechten Handgelenk trug, schien unversehrt. Darunter lag auf dem Boden ein Revolver. Obwohl der Mediziner sonst nicht der schnellste war und ihre Geduld meist gehörig auf die Probe stellte, hatte er dieses Mal die Untersuchung bereits beendet. »Eindeutig Selbstmord«, konstatierte er. »Schuss in die rechte Schläfe. Die Kugel ist links oben wieder ausgetreten.«

Der Inspektor wandte sich an seinen Chef. »Und die Waffe?«

»Ist auf ihn registriert. Das haben wir bereits überprüft.«

»Wer hat den Toten überhaupt gefunden?«

»Seine Frau. Sie wartet im Salon. Die Befragung überlasse ich dir.«

Hildegard Laufen saß in einem weißen Lederfauteuil und kramte geschäftig in einer Dokumentenmappe. Ihre Heirat mit dem Dichterfürsten hatte in den Klatschspalten der Regenbogenpresse für gehöriges Aufsehen gesorgt. Was nicht verwunderte! Immerhin war sie knapp 40 Jahre jünger als ihr Gemahl. Nur war nicht klar, wer von dieser Verbindung mehr profitierte. Laufen sonnte sich im Glanz des Exmodels, dieses wiederum hatte mit der Liaison einen Weg zurück in die Gazetten gefunden, nachdem sich seine Karriere dem Ende zugeneigt hatte.

Als Frau Laufen Denk erblickte, sprang sie auf und wedelte mit einem Dokument vor seinem Gesicht herum. »Sie kennen sich doch mit solchen Sachen aus«, ereiferte sie sich. »Wird eine Lebensversicherung nur im Falle eines natürlichen Ablebens ausbezahlt oder auch bei Selbstmord?«

Denk starrte sie erschüttert an. Der berühmteste Schriftsteller des Landes hatte gerade seinem Leben ein Ende gesetzt und seine Witwe dachte nur ans Geld.

»Sie brauchen mich gar nicht so abfällig anzuschauen«, fauchte sie ihn an. »Das wusste doch jeder, dass unsere Ehe nur auf dem Papier bestand. Ich muss jetzt vorrangig an mich denken. Laufen hat mir den Himmel auf Erden versprochen. In Wirklichkeit war er aber bis über beide Ohren verschuldet. Nachdem er sich so feige aus dem Staub gemacht hat, stehe ich vor dem Nichts.«

Denk schüttelte ungläubig den Kopf. Er hatte nur noch einen Wunsch. Das Gespräch mit dieser Frau so schnell wie möglich hinter sich zu bringen.

»Sie haben den Toten gefunden? Wann war das?«

»Das war gegen neun. Ich war gerade in der Küche, um mir das Frühstück zu machen. Plötzlich vernahm ich einen Schuss. Zunächst war ich voller Panik, weil ich glaubte, dass jemand unbefugt bei uns eingedrungen und von meinem Mann dabei ertappt worden ist. Ich lauschte, aber im ganzen Haus herrschte eine gespenstische Stille. Schließlich habe ich mich aufgerafft und bin in sein Arbeitszimmer geschlichen. Dort habe ich ihn dann gefunden.«

»Hat Ihr Mann in letzter Zeit irgendeine Andeutung gemacht, dass er vorhat, sich etwas anzutun?«

Sie schüttelte den Kopf. »Nicht dass ich wüsste! Aber – um ehrlich zu sein – wir haben nicht gerade oft miteinander gesprochen. Jeder von uns beiden hat sein eigenes Leben gelebt.«

Denk bat Frau Laufen, am nächsten Tag im Präsidium zu erscheinen, um das Protokoll zu unterzeichnen, und verabschiedete sich.

Bevor er ging, begab er sich noch einmal in Laufens Arbeitszimmer. Der Leichnam war inzwischen abtransportiert worden. Er bereute zutiefst, dass er nie die Möglichkeit gehabt hatte, den Autor bei einer seiner Lesungen miterleben zu dürfen. Jetzt war es zu spät dafür. Hier also waren dem Dichter die Ideen zu seinen grandiosen Werken gekommen. An den Wänden hingen zahlreiche Fotografien, die Laufen mit den Großen dieser Welt zeigten. Auf einem Bild schüttelte er dem Generalsekretär der UNO jovial die Hand. Auf einem anderen signierte er gerade ein Buch. Ein grandioses Foto, das Laufens ganze Willenskraft und Leidenschaft zum Ausdruck brachte. Mit der rechten Hand drückte er energisch das Buch nieder, in der linken hielt er einen Stift, mit dem er voller Schwung zur Unterschrift ansetzte.

Denk seufzte laut auf. Nie wieder würde er etwas aus der Feder dieses genialen Autors zu lesen bekommen. Plötzlich fiel es ihm wie Schuppen von den Augen, dass sich Laufen nicht selbst getötet haben konnte.

Er kehrte in den Salon zurück. Hildegard Laufen blickte ihn entsetzt an, als er ihr verkündete, dass sie wegen Mordes verhaftet sei.

Warum glaubt Denk nicht an einen Selbstmord?

Lösung: 28. Rätsel-Krimi

Schusskanal und Fundort der Waffe weisen darauf hin, dass der Schuss von einem Rechtshänder abgegeben worden ist. Es gibt aber zwei Indizien, die den Schluss nahe legen, dass Laufen Linkshänder war. Er trägt die Uhr am rechten Handgelenk und er hält den Stift zum Signieren des Buches in der linken Hand. Es ist mehr als unwahrscheinlich, dass sich ein Linkshänder mit der rechten Hand erschießt. Laufens Fingerabdrücke auf der Tastatur lassen sich dadurch erklären, dass der Text mit der Hand des Toten eingetippt wurde.

MACHT HOCH DIE TÜR

Kurz vor 21 Uhr schrillte das Telefon. Denk fuhr in die Höhe und blickte sich irritiert um. Im ersten Moment wusste er nicht, wo er sich befand, bis ihm einfiel, dass er sich wie jedes Jahr an den Tagen um Weihnachten freiwillig zum Bereitschaftsdienst gemeldet und es sich vor gut einer Stunde auf der Couch in seinem Büro bequem gemacht hatte. Er hob den Hörer ab und lauschte der Meldung der Einsatzzentrale.

»Wir haben einen Toten. Offensichtlich Fremdeinwirkung. Einsatzort: Christkindlmarkt auf dem Hauptplatz, Verkaufsstand 12.«

Eine Viertelstunde später stand er neben dem 20 Meter hohen Christbaum, der den Mittelpunkt des Weihnachtsmarktes bildete. Außer einem Betrunkenen, der sich zwischen den achteckigen Hütten verirrt hatte, war der Platz menschenleer. In einer Seitengasse grölten ein paar Jugendliche ›Merry Christmas‹.

In den Tourismusbroschüren wurde der Weihnachtsmarkt auf dem Linzer Hauptplatz als beliebter Treffpunkt für Jung und Alt in der ›stillen Zeit‹ angepriesen. Doch still war es hier nur, weil die Buden um 20 Uhr geschlossen hatten. Vor der Sperrstunde war der Platz so voll, dass man nicht einmal mehr umfallen konnte. Wer es dennoch wagte, den Weihnachtsmarkt zu betreten, wurde vom Strom der Besucher erfasst und mitgerissen. Während der Öffnungszeiten duftete es hier nach Lebkuchen, Bratwürstl, Punsch und Honigkerzen, doch jetzt lag ein abstoßender Geruch von frittiertem Öl, altem Sauerkraut und Erbrochenem in der Luft.

Denk fröstelte. Er zog den Mantelkragen höher und begab sich zu dem einzigen Verkaufstand, in dem Licht brannte.

Ein Mann lag auf dem Boden inmitten einer großen Blutlache. In seinem Bauch steckte ein Messer.

Medizinalrat Sedlacek kniete vor dem Leichnam und sah zu Denk hoch. »Die Tat ist vor höchstens einer Stunde verübt worden. Wie es aussieht, ist eine Hauptschlagader durchtrennt worden. Hat nicht lange gedauert.«

»Weiß man schon, um wen es sich handelt?«, wandte sich Denk an den Leiter der Spurensicherung, der sich ebenfalls in der Hütte befand.

»Den Pächter des Standes. Einen gewissen Rudolf Wanst. Seine Frau hat ihn gefunden. Sie wartet draußen in einem Einsatzwagen auf ihre Befragung.«

»Gibt es Hinweise auf einen Raubüberfall?«

Sein Kollege schüttelte den Kopf und wies auf den Verkaufstresen. »Das haben wir in den Taschen des Opfers sichergestellt. Einen Autoschlüssel, den Schlüssel für den Verkaufsstand Nummer 12, gekennzeichnet mit dem Stempel des Magistrats, und eine Geldtasche mit etwas mehr als 500 Euro Inhalt. Außerdem ist die Handkasse prallvoll. Raubmord können wir definitiv ausschließen.«

»Frau Wanst, Sie haben also Ihren Mann gefunden?«, erkundigte sich Denk, nachdem er zu ihr in den Wagen gestiegen war.

Sie nickte, ohne etwas zu sagen.

»Können Sie mir schildern, wie das war?«

»Wir haben wie immer um 20 Uhr zugesperrt. Ich bin dann zum Hotel vorgegangen. Rudi wollte noch schnell Ordnung machen und mit Oskar abrechnen.«

»Können Sie mir sagen, wer Oskar ist?«

»Oskar Korke hat den Stand Nummer 35 gepachtet. Er verkauft dort Holzschnitzereien aus dem Riesengebirge.«

»Und warum wollte Ihr Mann mit diesem Korke abrechnen?«

»Heute war der letzte Verkaufstag. Korke hat den Stand von meinem Mann gemietet und war ihm die ausstehende Pacht schuldig.«

»Sie sind also ins Hotel gegangen. Warum sind Sie dann noch einmal zurückgekehrt?«

»Als Rudi nicht gekommen ist, wollte ich nachschauen, was los ist.«

»Hatten Sie Angst um Ihren Mann? Ist er von jemandem bedroht worden?«

Sie stieß ein gekünsteltes Lachen aus.

»Von wegen bedroht worden. Ich wollte überprüfen, ob er sich wieder mit dieser Schlampe vom Lebkuchenstand trifft.« Da Denk nichts erwiderte, fuhr sie fort. »Als ich die Tür verschlossen vorfand, war ich mir sicher, dass es die beiden dort drinnen miteinander treiben. Ohne viel nachzudenken, habe ich aufgesperrt und die Tür aufgerissen, und da habe ich das viele Blut gesehen.« Sie schlug die Hand vor den Mund und schaute ihn entsetzt an. Ein Zucken lief durch ihren Körper, schließlich brach sie in Tränen aus. »Ich habe ihm Unrecht getan«, stammelte sie. Plötzlich verengten sich ihre Augen zu schmalen Schlitzen. »Ich bin mir sicher, dass diese Pfefferkuchenhexe das getan hat, weil er mit ihr Schluss machen wollte.«

»Können Sie mir sagen, wo ich Herrn Korke und diese … Frau finden kann?«

»Anna Hofinger heißt die Schlampe. Die meisten Schausteller feiern im ›Glockenspiel‹ das Ende des Christkindlmarktes. Ich bin mir sicher, dass Sie die beiden dort antreffen werden.«

In der Gaststube ging es hoch her. Doch als Denk den Anwesenden mitteilte, was passiert war, wurde es totenstill.

»Wundert mich nicht, dass den jemand auf dem Gewissen hat«, murmelte ein junger Mann.

»Wie meinen Sie das?«, wollte Denk wissen.

Der Mann senkte betreten den Blick, ehe er antwortete. »War doch jeder sauer auf ihn, weil er mit dem Ramsch, den er verscherbelt hat, die Preise für unsere hochwertigen Waren zerstört hat.«

»Außerdem hat er sich nicht an die Vorschriften gehalten. Er hat durch Strohmänner die Hütten pachten lassen und an ortsfremde Interessenten vermietet. Dadurch ist es für uns Einheimische immer schwerer geworden, einen Standplatz zu erhalten. Fast die Hälfte der Schausteller kommt mittlerweile aus dem Ausland. Nichts für ungut Korke, du bist ein patenter Kerl, aber das musste einmal gesagt werden.«

»Ich ersuche Sie jedenfalls, den Raum nicht zu verlassen, bis ich Sie befragt und Ihre Personalien aufgenommen habe«, verkündete Denk und bat Oskar Korke, ihm in ein Nebenzimmer zu folgen.

»Herr Korke, trifft zu, was der Mann vorher behauptet hat?«

»Wenn ick dat jewusst hätte, wär ick nie hierherjekommen«, machte Korke seinem Ärger Luft. »Dieser Wanst hat den Stand im Internet anjeboten. Jute Jelegenheit, endlich mal woanders hinzukommen, hab ick mir jedacht. Doch als ick hier war, hat er plötzlich 25 Prozent Jewinnbeteiligung verlangt. Wenn ick nich bezahle, hat er jesagt, kann ick mir nach Berlin zurückschleichen.«

»Aber hätten Sie nicht ablehnen können?«

»Ick seh schon, dat verstehn Sie nich. Wenn Sie nich spätestens im Frühling einen Standplatz mieten, bekommen Sie nichts mehr. Was hätte ick tun sollen? Aber nächstes Jahr steh ick wieder in der Wilmersdorfer Straße, so wahr ick Korke heiße. Die Berliner haben wenigstens Sinn für Kultur und wissen die Holzschnitzereien aus dem Riesenjebirge zu schätzen.«

»Herr Korke, stimmt es, dass Sie sich zwischen 20 und 21 Uhr mit Wanst getroffen haben, um abzurechnen?«

Korke schüttelte den Kopf. »Dat wollte er, aber ick hab mir jedacht, soll er doch zu mir kommen, wenn er etwas will, und bin gleich, nachdem ich die Bude dichtjemacht habe, mit meinen Kumpels hierher ins Lokal jegangen.«

»Gibt es dafür Zeugen?«

»Jede Menge. Sie müssen nur draußen fragen.«

»Ist eigentlich jemand von den anderen später gekommen?«

»Nicht dass ick wüsste.« Er hielt kurz inne. »Doch jetzt, wo sie dat sagen, fällt mir ein, dass die Pfefferkuchen-Anni noch einmal zurück ist, weil sie etwas vergessen hatte.«

Als Nächstes holte Denk Anna Hofinger zur Befragung. Die Schlampe stellte sich als attraktive Mittfünfzigerin heraus, die auf den ersten Blick keiner Fliege etwas zu Leide tun konnte. Aber wer vermochte schon in die Seele eines anderen hineinzuschauen.

»Frau Hofinger, hatten Sie ein Verhältnis mit Rudolf Wanst?«, kam Denk gleich zur Sache.

Sie blickte verlegen zur Seite und errötete leicht. »Es ist nicht so, wie Sie glauben. Ich hatte einen finanziellen Engpass und Rudi war so großzügig, mir zu helfen.«

»Und jetzt hat er Schluss gemacht und wollte sein Geld zurück. Habe ich recht?«

Sie schaute ihn entsetzt an. »So war das nicht. Wir haben uns doch geliebt. Er hat nur gemeint, dass wir uns eine Zeit lang nicht sehen sollen, bis sich seine Frau wieder beruhigt hat.«

»Wann sind Sie eigentlich hierher ins Lokal gekommen?«

»Kurz nach acht! Gemeinsam mit den anderen.«

»Und Sie waren die ganze Zeit über hier?«

Sie nickte zögerlich.

»Warum lügen Sie? Ich weiß, dass Sie noch einmal auf den Markt zurückgegangen sind. Haben Sie Rudolf Wanst getötet?«

»Nein, ich liebe ihn doch. Ich bin zu seiner Hütte, um ihn noch einmal vor Weihnachten zu sehen. Aber er hatte bereits alles abgesperrt und war nicht mehr da. Sie müssen mir glauben! Ich hätte ihm nie etwas antun können.«

»Darüber werden wir uns im Präsidium noch ausführlich unterhalten müssen. Sie sind jedenfalls vorläufig festgenommen.«

Obwohl er die Pfefferkuchen-Anni dringend der Tat verdächtigte, würde er nicht umhinkommen, auch die anderen Marktfahrer zu befragen. Er warf einen Blick auf seine Uhr und stieß einen Seufzer aus. Vor Mitternacht würde er kaum auf die Couch in seinem Büro zurückkehren können.

Er ging kurz nach draußen, um ein wenig frische Luft zu schöpfen.

Aus einem Fenster drang die Melodie eines Weihnachtsliedes. »Macht hoch die Tür, die Tor macht weit …« Ein Lächeln umspielte seine Lippen. Plötzlich wusste er, wer Wanst getötet hatte.

Wen verdächtigt Denk?

Lösung: 29. Rätsel-Krimi

Frau Wanst hat ihren Mann getötet. Sie sagt aus, dass sie die Tür zum Verkaufsstand aufgesperrt hat. Also besaß sie einen Schlüssel. Hätte jemand anderer als sie abgesperrt, wäre der Schlüssel ihres Mannes nicht unter den Sachen des Toten gefunden worden.

STILLE NACHT

»Wie friedlich! Endlich einmal weiße Weihnachten!«

Inspektor Denk stand am Fenster seines Büros und ließ den Blick über die menschenleeren Straßen schweifen. Es hatte bis zum frühen Nachmittag geschneit. Jetzt glitzerte der Schnee auf den Dächern der Stadt im fahlen Mondlicht wie ein Meer aus Diamanten. Doch Denk wusste, dass der Schein trog. Von wegen stille Nacht! Allein heute hatten sie bereits zwei Dutzend Einsätze hinter sich, um Streitigkeiten unter Lebensgefährten zu schlichten oder um rabiat gewordene Ehemänner und Väter wegzuweisen. Es war immer das Gleiche. Obwohl man sich das ganze Jahr über nichts zu sagen hatte, wollte man an diesem einen Abend heile Welt vorgaukeln. Dass das nicht funktionieren konnte, lag auf der Hand. Die Ernüchterung darüber sorgte für Frustration, ein Wort ergab das andere und schon lag man sich in den Haaren oder Schlimmeres. Die Leidtragenden dabei waren immer die Kinder.

Und die Einsätze am Nachmittag waren erst der Anfang, das zeigten die Erfahrungen der letzten Jahre. Wenn es nach ihm gegangenen wäre, hätte er am Heiligen Abend ein Alkoholverbot ausgesprochen. Er hoffte zumindest, dass der Mord auf dem Linzer Christkindlmarkt am Vortag das letzte Gewaltverbrechen in diesem Jahr gewesen war und es keine weiteren Toten zu beklagen galt.

Das Läuten des Telefons riss ihn aus seinen düsteren Gedanken. Es war die Einsatzzentrale. In der Neuen Heimat war eine Frau tot aufgefunden worden. Ein Streifenwagen stand bereit, um ihn zum Tatort zu bringen.

Das Erste, was Denk auffiel, als er das Haus betrat, war die Kälte, die im Inneren herrschte. Der Grund dafür offenbarte sich ihm im Wohnzimmer. Die Terrassentür, die zum Garten führte, war eingeschlagen worden. Überall lagen Glasscherben auf dem Boden. Aus der Küche drang lautes Wehklagen zu ihm.

»Das ist Karl Fuchs, der Mann der Toten«, informierte ihn einer der Beamten. »Der Notarzt verabreicht ihm gerade ein Beruhigungsmittel.«

»Hat er …?«, wollte sich Denk erkundigen, aber sein Kollege kam ihm zuvor.

»Er hat uns alarmiert, dass er seine Frau tot aufgefunden hat. Der Anruf ist exakt um 20.37 Uhr bei uns eingegangen.«

»Wo ist das Opfer?«

Der Beamte wies mit dem Kopf nach oben. »Sie liegt im Schlafzimmer. Aber ich warne dich, es ist kein schöner Anblick.«

Das war es tatsächlich nicht. Auf der Stirn des Opfers klaffte eine hässliche Wunde, das ganze Bettzeug war mit Blut getränkt. Neben dem Bett lag eine schwere Bronzeskulptur auf dem Boden. Offensichtlich die Tatwaffe.

Nachdem er sich einen Überblick verschafft hatte, begab er sich in die Küche, um den Mann der Toten zu befragen.

Karl Fuchs machte einen bemitleidenswerten Eindruck, was angesichts dieser abscheulichen Tat nicht verwunderlich war.

»Herr Fuchs, entschuldigen Sie, wenn ich Sie belästige, aber ich würde Ihnen gerne ein paar Fragen stellen! Wann haben Sie Ihre Frau gefunden?«

»Das war gegen halb neun. Wir waren bei meinen Eltern eingeladen. Beim Eintreten ist mir gleich die Kälte aufgefallen, und als ich die kaputte Terrassentür gesehen habe, war mir sofort klar, dass etwas Schlimmes passiert sein muss. Ich bin nach oben gerannt und dann …« Ihm versagte die Stimme und er brach in Tränen aus.

Denk wartete, bis sich der Mann etwas beruhigt hatte, ehe er die Befragung fortsetzte. »Sie haben eben gesagt, wir waren eingeladen. Ihre Frau war aber offensichtlich zu Hause. Warum ist sie nicht mitgefahren? Hat es Streit gegeben?«

Der Mann schaute ihn erschrocken an. »Überhaupt nicht! Wie kommen Sie darauf? Sara hatte nur so starke Kopfschmerzen, und da habe ich sie überredet, daheimzubleiben und sich niederzulegen, obwohl sie unbedingt mitwollte. Hätte ich nur nicht ...« Er schlug die Hände vors Gesicht und ließ seinen Tränen freien Lauf.

»Wann sind Sie eigentlich zu Ihren Eltern aufgebrochen?«

»Wir waren um 17 Uhr eingeladen. Eine Viertelstunde früher bin ich losgefahren. Sie wohnen ganz in der Nähe.«

»Und Sie waren die ganze Zeit über dort?«

Fuchs nickte. Denk entging nicht, dass der Mann am Ende seiner Kräfte war, und beschloss, die Befragung zu beenden und zu einem späteren Zeitpunkt fortzusetzen. »Ich werde Sie jetzt nicht länger quälen. Eine Bitte hätte ich allerdings noch. Wir können die Spurensicherung erst morgen durchführen, weil die Leute der kriminaltechnischen Abteilung heute aus verständlichem Grund nicht zur Verfügung stehen. Wäre es Ihnen möglich, bis das erledigt ist, irgendwo anders unterzukommen?«

Fuchs warf ihm einen verzweifelten Blick zu. »Glauben Sie mir, ich würde ohnehin keine Sekunde länger als nötig in diesem Haus bleiben wollen. Ich werde die Nacht bei meinen Eltern verbringen.«

Nachdem sich Denk die Anschrift notiert hatte, wies er einen Beamten an, Herrn Fuchs zur gewünschten Adresse zu bringen. Er bedauerte den Mann zutiefst. Was für ein Schicksalsschlag, den geliebten Partner zu verlieren! Und noch dazu an einem Tag wie diesem.

Er trat vor die Tür und begab sich auf die Rückseite des Hauses. Hinter dem Garten befanden sich nur noch Felder und Wiesen. Eine Versuchung für jeden Einbrecher! In der letzten Zeit war es wieder vermehrt zu Dämmerungseinbrüchen gekommen. Die Täter gingen stets nach dem gleichen Muster vor. Sie wählten Häuser aus, die etwas abseits lagen, beobachteten die Objekte und, wenn sie sicher waren, dass sich niemand im Hause befand, brachen sie ein Fenster auf und drangen ein. Normalerweise ging das ohne Gewalt vonstatten. Offenbar waren die Einbrecher von Sara Fuchs überrascht worden, hatten die Nerven verloren und zugeschlagen. Eine Fahndung war sinnlos, weil die Täter mittlerweile längst über alle Berge waren. Ein Blick auf die Terrasse und den Garten zeigte ihm, dass die Kriminaltechniker kaum etwas Verwertbares zu Tage fördern würden, da alles mit einer gut zehn Zentimeter dicken Schneeschicht bedeckt war. Wenn sich auf der Tatwaffe keine Fingerabdrücke befanden, würde der Fall wohl ungelöst bleiben. Oder doch nicht?

Er holte sein Handy aus der Tasche und ließ sich mit dem Streifenwagen verbinden. »Bringt Fuchs ins Präsidium! Wie es aussieht, hat er seine Frau selbst getötet.«

Woraus schließt Denk, dass Fuchs der Täter sein muss?

Lösung: 30. Rätsel-Krimi

Karl Fuchs sagt aus, dass er kurz vor 17 Uhr das Haus verlassen hat. Es befinden sich jedoch keine Fußspuren der Einbrecher auf der Terrasse, obwohl es bereits am frühen Nachmittag zu schneien aufgehört hat. Der Mord muss also früher ausgeführt worden sein. Deshalb kann nur der Ehemann als Täter infrage kommen.

Weitere Krimis finden Sie auf den folgenden Seiten und im Internet: www.gmeiner-verlag.de

Oskar Feifar
Wer mordet schon in Salzburg?
978-3-8392-1504-3

»Erkunden Sie die Stadt auf den mörderischen Spuren von Oskar Feifar!«

Mord und Totschlag in Stadt und Land Salzburg? Unmöglich, möchte man denken, wenn man die traumhafte Kulisse dieser Region betrachtet. In Wahrheit ist es vielleicht auch ruhig und beschaulich. Literarisch ist das jedoch anders, zumindest bei Oskar Feifar. Der Autor hat einen »kriminellen« Freizeitplaner verfasst, der sich mit Stadt und Land gleichermaßen auseinandersetzt.

GMEINER

Wir machen's spannend

Leo Sander
Gelegenheitsverkehr
978-3-8392-1537-1

»Ein Ermittler mit unorthodoxen Methoden: Privatdetektiv Kants erster Fall«

Kant wurde aus dem Polizeidienst entlassen und zieht in einen Linzer Vorort. Dort wird er gleich als Privatdetektiv engagiert: Die attraktive Almuth beauftragt ihn, herauszufinden, ob ihr Vater ermordet worden ist. Eine Spur führt zu einer professionellen Schieberbande. Dumm nur, dass Kant bei den Ermittlungen ständig seine Frauengeschichten dazwischenkommen. Und als ihn auch noch sein Freund Poldi vom Landeskriminalamt um einen heiklen Gefallen bittet, wird es für Kant richtig knifflig …

GMEINER

Wir machen's spannend